D
O
N
A
U
Wh.
Hammerschmiede
W.H.
Bock Keller
Landungsplatz
sdorf
Donauhort
Ruderver. H.
Schwimmthor
Donau-Ufer-Bahn
Nordbahngeleise
Nordwest-Bahn-Brücke
Mooslacke
Z.O.
W.H.

Viktor Faltis

# Grinzing 1900

Mit 4 eingeklebten Farbbildern
und 18 Schwarzweißbildern

Verlag Fritz Molden · Wien-München-Zürich

Bildquellennachweis:

Österreichische Nationalbibliothek, Wien (11 Fotos), Döblinger Heimatmuseum (2), Sammlung Lenzenhofer (5). Die vier im Buch veröffentlichten Farbbilder stammen aus den Sammlungen des Historischen Museums der Stadt Wien.
Farbbild auf dem Einband: Historisches Museum der Stadt Wien.
Vor- und Nachsatz: Archiv Fritz Molden

Umschlagbild: GRINZING. Aquarell von Ernst Welker.

1. Auflage


Einband: Hans Schaumberger, Wien
Lektor: Leo Mazakarini
Technischer Betreuer: Wilfried Ertl
Schrift: Garmond Garamond-Antiqua
Satz und Druck: Astoria, Wien
Bindearbeit: A. Popek, Wien
ISBN 3-217-00542-2

*Meinem Bruder Otto Faltis*

# WEISST DU NOCH, WIE DU . . . ?

Gewiß weiß ich es noch, lieber heiliger Nepomuk, wie ich mit einem Stein deinen Bauch getroffen habe. Ich wollte dich bei Gott nicht treffen; es geschah aus Versehen. Ich stand auf dem Pfarrplatz und warf mit einem Stein nach einem alten Blechtopf, der vor deinem Standbild lag, verfehlte aber mein Ziel. Im gleichen Augenblick schlug die Kirchenglocke an; mir war, als käme ein strafender Ruf geradewegs vom Himmel herunter. Ich war starr vor Betroffenheit und Schreck. Dann stammelte ich meine Entschuldigung: „Sei nicht bös', lieber Nepomuk, Du weißt ja, es ist nicht gern geschehen."

Neben deinem Häuschen stand ein Löwenzahnbusch. Ich pflückte ein paar Blüten und legte sie zu deinen Füßen. Du warst nicht böse auf mich; ich merkte es. Du blicktest zwar wie immer nach dem Kruzifix in deinen Händen, aber mir schien, als ob ein freundliches Lächeln über dein Gesicht glitte.

Mehr als siebzig Jahre sind seither vergangen, doch die Erinnerung an die Kindheit lebt in mir fort. Es raunt und flüstert um mich, sobald ich deinen Boden betrete, liebes Grinzing. Häuser, Bäume, vertraute Winkel, von süßem Weinmost erfüllte Luft: vieles ist noch, wie es war. Diese Atmosphäre hat ein längeres Dasein als die Menschen, mit denen ich hier lebte. Kein Jugendgefährte spricht mehr zu mir . . . Nur Karl, mein Bruder, ist noch da. Und in ihm lebt noch — wie in mir — die Erinnerung an Glück und Freude, an ein Grinzing um 1900.

# WIR ZIEHEN NACH GRINZING!

An einem regnerischen Maitag des Jahres 1900 zogen wir nach Grinzing. Meine Eltern, mein Bruder Karli und ich gingen der Grinzinger Allee entlang, und hinter uns rumpelte der Möbelwagen daher. Die Straße war frisch geschottert, und der Kutscher fluchte und schimpfte, weil die Möbel durch das Gerumpel immer wieder ins Rutschen und Poltern kamen. Das trug nicht gerade zu guter Stimmung bei. Wir Buben hatten uns riesig auf Grinzing gefreut; auch Vater zog gerne hinaus. Aber liebe Verwandte und Bekannte hatten auf Mutter ständig eingeredet, was für Beschwerden der Aufenthalt in so einem Nest mit sich brächte. Schon aus diesem Grunde konnte von Freude bei ihr nicht die Rede sein. Dazu kam das grausliche Wetter. Wir Buben hätten sie gerne heiter gesehen. Sie aber schritt stumm, verdrossen neben Vater dahin. Man konnte an ihrem Gesicht ablesen, daß sie unserem Leben im neuen Wohnort bangend entgegensah. Schließlich brachen Unmut und Sorge aus ihr heraus: „Wir hätten auf die Leute hören sollen, die uns von Grinzing abrieten“, meinte sie zu Vater, „jetzt sind wir erst eine Viertelstunde in Grinzing; schau nur, wie wir bereits aussehen: nasse Schuhe, Kotspritzer bis zu den Knien hinauf! Wenn wenigstens auf dem Gehweg Kies gestreut wäre! Aber nein, überall nur der nackte, nasse Boden mit Löchern und Lachen. Das kann ja schön werden! Im Ort ist es sicherlich auch nicht anders.“

„Immer regnet es nicht“, beschwichtigte Vater, „bei trockenem Wetter ist es hier schön zu gehen.“

„Ja, aber im Winter, erinnere dich nur, was dein Freund über die Grinzinger Allee gesagt hat: Da kommt man überhaupt nicht weiter, weil man bis zum Bauch im Schnee versinkt, den der Wind von den Wiesen und Feldern her anweht.“

„Laß dir keine Bange machen! Was die Leute so alles daherreden. Grinzing gehört seit zehn Jahren zu Wien; darum werden hier die Straßen regelmäßig gesäubert. Und wenn es stark geschneit hat, reinigt der Schneepflug die Wege.“

„‚Man kann da nur mit Röhrenstiefeln gehen‘, haben die Leute gesagt; du siehst ja, daß sie recht haben.“

„Die Leute reden Stiefel zusammen! Du wirst sehen, in Grinzing ist es nicht viel anders als in der Stadt.“

„Die Leute reden viel, es ist ja wahr“, entgegnete Mutter. „Aber sicherlich haben sie schon recht, wenn sie meinen: arm dran ist, wer in Grinzing krank wird! Es gibt draußen keinen Arzt, von einem Spital gar nicht zu reden. Und das Einkaufen! Was bekommt man schon bei den Greißlern? Wenn einer vorher jemanden mit Petroleum bedient hat, stinken hinterher Brot oder Wurst, die er angreift.“

„Mach dir doch jetzt nicht solche Gedanken.“ Vater war schon ein wenig ärgerlich. „Meinst du, daß die vielen Sommergäste, die alljährlich die schöne Zeit draußen verbringen, gleich sterben müssen, wenn sie einmal krank werden? Glaubst du, sie kämen immer wieder heraus, wenn sie in Grinzing nichts Anständiges kaufen könnten?“

Das war ein Einwand, der der Mutter einleuchtete.

„Da hast du wohl recht“, sagte sie und schien beruhigt. Da bogen wir auch schon in die Grinzinger Straße ein. Ein paar Schritte noch, und wir standen vor dem Haus Nr. 17: Ein nettes ebenerdiges Haus mit einem mächtigen Tor in der Mitte und einem Vorgärtchen zu beiden Seiten. Das Rasenstück zur rechten Hand gehörte zu unserer Wohnung. Es war gut instandgehalten mit seinen Blumen und Sträuchern.

Man betrat die Wohnung von einem gepflegten, mit Bäumen und hochgezogenen Weinstöcken bestandenen Hof. Die Lage war geschützt, Türen und Fenster schlossen dicht. Der Wind konnte uns also nicht hinaustragen, wie unsere Bekannten gefürchtet hatten. Die Räume waren hell und sauber.

Dann kam der Hausherr: ein stattlicher Mann in Weinhauertracht, blauem Janker und aufgerollter, blauer Schürze. Es war der Karl Köttner, Weinhauer und Fuhrwerksbesitzer. Ihm folgten später seine Frau mit ihren Töchtern Berta und Wetti. Die Begrüßung war laut und herzlich. Der Hausherr ließ es sich nicht nehmen, die Eltern zu einem Willkommenstrunk einzuladen. „Ist echter Eigenbau“, versicherte er. „Ein Ausweichen gibt's net!“ schrie er, als die Eltern ablehnen wollten. Der vollgefüllte Heber, den der Mann mitgebracht hatte, machte ihnen bange, denn eben begann man, die Möbel abzuladen.

„Also: die Köttnerischen sollen leben!“ sagte Vater und erhob sein Glas. „Und auf einen guten Einstand im Haus Nr. 17!“

„Prost, Leutln! Wir werden uns schon verstehen“, sagte der Wirt. „Ös zwa hobts ma glei g'falln.“ Er deutete auf Vater und Mutter. „Drum hob i euch a die Wohnung antrog'n. Jedem tuat dös der Köttner net.“

„Jo, und mir gfallts a!“ rief die Köttnerin, streckte sich die Ärmel auf, packte einen Koffer und trug ihn in die Wohnung. „Mir san Arbeitsleit und können net zuaschaun, wann wo g'arbeit wird“, sagte sie, als ihr die Mutter erschrocken die Mitarbeit verwehren wollte. Als sie dann auch jedem von uns Buben einen großen Apfel zusteckte, vergaß Mutter alle Befürchtungen und war wieder froh und heiter, um so mehr, als es zu regnen aufgehört hatte und man die Möbel trocken ins Haus bringen konnte.

Karli und ich hatten uns inzwischen mit den beiden Dirndeln angefreundet. Sie führten uns in den Wirtschaftshof, der sich unserem Wohnhof anschloß. Da sahen wir denn, was der Köttner für ein Mann war: In den Stallungen standen viele Pferde; ganz hinten im Hof allerlei Wagen, auch ein paar Zeug'ln waren darunter. Berta wies auf eines: „Mit dem fahrt der Vater immer aus, wenn er in Wean oder anderswo z'tuan hat. Manchmal nimmt er ans von uns Madln mit.“

„Glaubst, laßt er uns auch einmal mitfahren, mich und den Viki?“ fragte Karli.

„Is' scho möglich. Mei Vater hot Kinder gern; aber sie müassn brav sei'.“

Wir nahmen uns fest vor, brav zu sein. Es zahlt sich aus, meinten wir, wenn wir dafür mit dem Zeug'l ausfahren dürften. Dann zeigten sie uns die Weinpresse. Die kleinen Winzerinnen gaben sich alle Mühe, uns zu erklären, wie aus den saftigen Trauben echter „Grinzinger" gepreßt wird.

Abends, als wir von unserem Entdeckungsgang nach Hause kamen, standen die Möbel alle schon auf ihren Plätzen, und die Räume trugen einen Hauch des Gewohnten und Behaglichen. Wir nahmen das Abendessen gemütlich bei Tisch ein. Die Eltern waren zufrieden und trotz aller Müdigkeit gut gelaunt.

Der erste Tag in Grinzing ging zu Ende. Er hatte mit einigem Mißmut begonnen, schloß nun aber in bester Stimmung und guter Zuversicht. Würden die kommenden Tage die Wünsche und Erwartungen erfüllen, die wir in sie setzten? Schon bald war uns klar geworden, wie unrecht die Bekannten „unserem lieben Grinzing" getan hatten. Kein Arzt im Ort? Und ob es einen gab, und einen guten auch noch! Er stand in bestem Ruf bei den Leuten, der Doktor Arnold Benett mit seinem kohlschwarzen Vollbart. Aber wir brauchten ihn zunächst nicht. Unsere Eltern waren jung, kräftig und gesund, und wir Buben erst recht. Und später — der Winter in Grinzing? Nun, der Ort liegt nicht auf dem Nordpol. Es gab kaum mehr Schnee als anderswo in Wien, doch blieb er eine gute Weile auf den Wiesen und in den Weingärten weiß und sauber liegen; es war hier nur um ein paar Grade kälter als drin, „in der Stadt". Die Gehsteige wurden fleißig gekehrt. Im Ort gab es eine Wachstube; die Polizisten schauten genau auf Ordnung; sie hatten hier nicht viel anderes zu tun. In der Grinzinger Allee blieb niemand im Schnee stecken. Denn wenn es kalt wurde, stellte man Schneeplanken auf Feldern und Wiesen auf, die die Straße wetterseitig begleiteten. Zudem fuhr regelmäßig der Schneepflug — schon wegen des Stellwagens. Richtig, wir hatten sogar einen Stellwagen in Grinzing; er fuhr wohl langsam, aber recht sicher zur Stadt.

Beim Einkaufen gab's überhaupt keine Schwierigkeit. Im Ort waren drei große Greißler: der Höld im Oberörtl, der Schenk, ein wenig unterhalb der Kirche, und der Gottmann im Unterörtl: Richtige Dorfgreißler, die alles hatten, was man im

Alltag brauchte: Lebensmittel, Geschirr, einfache Bekleidungsstücke, Wäsche, Strümpfe, Holzschuhe, Seife, Kerzen, ja, auch Petroleum, mit dem man damals allgemein Wohnungen, Geschäfte und Gaststuben beleuchtete. In den Straßen war allerdings schon Gasbeleuchtung installiert. Bloß in einigen Nebengäßchen gab es noch Petroleumfunzerln (Grinzinger Steig, Langackergasse). Sie machten unserem Laternenmann, dem Bogner Kaspar, mit dem Anzünden und Putzen eine Menge Arbeit, viel mehr als die Gaslampen, die er mit einem einzigen Ruck seines Zündstangels anzünden und auch wieder löschen konnte.

Es gab auch zwei Fleischhauer im Ort: den Muhr und den Weber, zwei Bäcker, den Bäckermuhr und den Roßbäck. Auch einen Kräutler hatten wir, den Billy. Karli und ich mochten ihn recht gern, weil er uns Gemüseabfälle für unsere Hasen gab. Milch und Eier bekamen wir beim Hausherrn frisch und billig. Und die Getränke? Da saßen wir ja an der Quelle. Wein gab es an allen Ecken und Enden, unverfälscht und billig: das Viertel um 12 Kreuzer, den besseren um 16 Kreuzer, den Nobelwein zu 25 Kreuzer. Dann hatten wir das Brauhaus St. Leopold in Grinzing, das sein gutes Bier nicht nur im Ort und in der engen Nachbarschaft, sondern auch in der weiteren Umgebung absetzte.

Mutter kam vom ersten Einkauf zufrieden und wohlgelaunt nach Hause. „Was die Leute in der Stadt zusammenreden“, sagte sie. „Von Knödel und Kraut werden wir leben müssen, haben sie prophezeit, oder von Milchsuppe und Sterz. Heute gibt's Braten, Kinder, zum Einstand in Grinzing! Das Fleisch ist hier prima! Und sogar billiger als in der Stadt. Der Kaufmann hat alles, was man braucht, und der Roßbäck schickt uns morgen in der Früh schon die Semmeln zum Frühstück. Na, was sagt ihr: Kann man es besser haben?“

# DER ERSTE SCHULTAG IN GRINZING

Karl und ich hatten gehofft, daß uns am ersten Tag der Schulgang erspart bliebe: eine eitle Hoffnung. Kaum hatte Mutter den Einkaufskorb abgesetzt, da hieß es: „Kinder, rasch fertigmachen, in die Schule! Habt ihr die Schulsachen in Ordnung? Laßt euch anschauen, ob Ohren und Hände sauber sind! Gut, gehen wir!“ Karl hatte noch nicht aufgegeben: „Was wird der Lehrer sagen, wenn wir erst jetzt in die Schule kommen; es ist bald zehn Uhr.“ Vielleicht ließ sich Mutter doch noch umstimmen. Aber sie lachte nur: „Keine Angst, ich werde schon machen, daß der Lehrer nicht böse ist und euch nachsitzen läßt.“

„Ich habe aber einen anderen Lehrer als Karli“, wendete ich ein, „du mußt auch mit ihm reden.“

„Ja, ja, ist schon gut. Es geschieht euch nichts, kommt jetzt!“

Wir traten unseren ersten Schulweg in Grinzing an. Er begann in der Grinzinger Straße: Hier schien es, als hätten sich ein paar Häuschen aus dem Ort davongemacht und sich hierher gesetzt, weil es da so viel Platz gab. Fünf, sechs Häuser begannen damals eine Reihe, die heute beiderseits lückenlos bis zum Jodelzipf reicht, zur Stelle also, an der Grinzinger Straße und Sandgasse eine Spitze bilden. Die heutige Villenstraße war damals ein verträumtes, stilles Gäßlein, von Nußbäumen beschattet, die uns im Herbst reichlich ihre Früchte zuwarfen und den düsteren Schulweg wesentlich erleichterten. Als wir den Weg zum erstenmal gingen, hingen die Bäume noch voll grüner Kätzchen, die wohl viele Nüsse versprachen — aber erst in ferner Zukunft. Das heiterte uns nicht auf. Die Stille auf der Straße war für uns Stadtbuben ungewohnt und bedrückend. Vor allem fehlten uns die zur Schule eilenden Kinder: Die saßen alle schon seit Stunden im Klassenzimmer. Wir dachten an unsere Freunde in der alten Schule. Ob wir hier auch so gute Kameraden finden würden? Und unsere Lehrer — wir hatten sie recht gerne gehabt... wie würden die hiesigen sein? Das alles ging uns durch den Sinn, und wir hatten für den schönen Schulweg kein Auge offen.

Still, mit hängendem Kopf, schritten wir dahin. Mutter mochte unsere Gedanken erraten haben: „Ihr habt gute Zeugnisse", meinte sie ermunternd, „da werden euch die Lehrer sicherlich freundlich aufnehmen. Und mit den Mitschülern werdet ihr bald gut Freund werden."

Wir überquerten die Grinzinger Allee und bogen in die Straßergasse ein: Ein unscheinbares Gäßchen, in dem kaum ein Wohnhaus stand und nur wenig Leute gingen. Ein Schmied hatte da seine Werkstatt und brachte etwas Leben in die Gegend. Dann die Mannagettagasse: Inmitten von Gärten, durch hohe Alleebäume halb verdeckt, lag das Schulhaus wie eine Villa im Grünen da. Es gefiel Karl und mir recht gut, obwohl es — ein Schulhaus war. Aber es gab sich nicht so ernst und streng wie die „Lehranstalten" in der Stadt, die schon von außen nichts Gutes verhießen. Es blickte uns recht freundlich entgegen. Gleich neben dem Eingang lag die Schulkanzlei; Mutter ging mit uns hinein. Wir betraten einen hellen Raum, die Fenster standen offen, und blühende Bäume schauten herein: ein freundliches Zimmer. Der Oberlehrer mit seinem goldblonden Vollbart, der „Herr Oberlehrer Ellinger", war sehr freundlich und reichte Mutter und uns Buben die Hand. Das hatte unser früherer Lehrer nicht getan, und das hob unsere bange Stimmung sehr. „Ihr seid die Buben, die beim Köttner in der Grinzingerstraße zugezogen sind? Ich habe schon von euch gehört", meinte er lächelnd. Da war es an der Zeit für Mutter, ihre Entschuldigung vorzubringen. „Bitte, nicht böse zu sein, Herr Oberlehrer, daß ich mit meinen Buben erst um zehn Uhr komme. Vorher ging's nicht recht. Mein Mann und ich hatten alle Hände voll zu tun. Und allein wollte ich die Buben doch nicht zur Anmeldung schicken."

„Ich verstehe, mit der Mutter fällt's auch den Kindern leichter, zur neuen Schule zu kommen", meinte der Schulleiter lächelnd. „Der Viktor geht also in die erste Klasse. Laß einmal deine Schulnachricht sehen! Nun, die ist ja recht gut. Da wird die Frau Lehrerin Freude mit dir haben."

Schulhaus und Kirche waren um die Jahrhundertwende die beiden mächtigsten Bauten im eben erst eingemeindeten Vorort Grinzing (1892).

„Die Frau Lehrerin?“ fragte ich erstaunt. „Ich bin ja ein Bub und muß einen Lehrer haben.“

„Nein“, lachte der Oberlehrer, „das muß nicht sein. Bei uns in Grinzing sitzen Knaben und Mädchen in einer Klasse beisammen, und dazu paßt eine Lehrerin so gut wie ein Lehrer, nicht?“ Ich nickte, hatte mich aber in meinem männlichen Stolz damit nicht abgefunden.

Der Schulleiter mochte das merken. Er sprach mir Trost zu: „Du hast die Frau Lehrerin Groiß; sie ist sehr gut zu den Kindern, die Schüler und Schülerinnen haben sie sehr gern. Und nun zu dir, Karli: Du kommst in die vierte Klasse. Auch deine Schulnachricht ist recht gut.“

„Hab ich auch eine Lehrerin?“ fragte Karli gespannt.

„Nein, du hast einen Lehrer. Er heißt Hermann und ist sehr streng. Er hat nämlich ein paar schlimme Buben in der Klasse, die nicht recht lernen wollen. Mit dir aber wird er Freude haben, weil du ein braver Schüler bist."

„Ich habe in meiner früheren Schule auch einen strengen Lehrer gehabt", sagte Karl. „Das macht mir gar nichts. Und Vater sagt, es ist ihm recht, wenn große Buben strenge Lehrer haben."

„Nun, dann ist ja alles in Ordnung. Kommt mit mir in eure Klassen. Eure Mutter können wir nicht mitnehmen", scherzte er, „sie hat ihre Schulzeit schon hinter sich."

„Ja", lachte Mutter, „und das schon seit einiger Zeit. Also Kinder, lebt wohl und seid recht brav!" Sie empfahl sich vom Schulleiter, winkte uns noch zu und ging. Uns war recht bang. Aber der Oberlehrer ließ uns zur Trauer keine Zeit: „Karli, geh inzwischen in den ersten Stock und stell dich zur Tür der vierten Klasse. Wenn ich den Viktor in seine Klasse geführt habe, komme ich gleich nach!" Wir trennten uns mit einem schmerzlichen Blick. Karli ging die Stiege aufwärts, ich mit dem Oberlehrer um die Ecke zur ersten Klasse. Der Oberlehrer klopfte an die Klassentür, und dann betraten wir die Schulstube. Die Kinder erhoben sich und blickten neugierig auf mich, Buben und Mädchen.

„Hier bringe ich Ihnen einen neuen Schüler", sagte der Schulleiter; „er kommt aus der Stadt und hat ein recht gutes Zeugnis mitgebracht." Die Lehrerin blickte mich freundlich an, und ich stieß mein „Küß-die-Hand" hervor, den damals üblichen Gruß Lehrern gegenüber. Ich hatte also wirklich eine Lehrerin. ‚Sie sieht der Tante Toni ähnlich; die ist auch Lehrerin, hat aber nur Mädchen', kam mir in den Sinn. Einmal hat sie zu mir gesagt, sie möchte niemals bei Buben unterrichten; die wären ihr zu schlimm. Ob unsere Lehrerin auch die Mädchen lieber haben würde als die Buben? Wenn es so ist, dann ist mir ein Lehrer zehnmal lieber als eine Lehrerin. Voll Trotz dachte ich das. Der Oberlehrer verließ die Schulstube. „Hier", sagte die Frau Lehrerin, „sind noch zwei Sitzplätze frei, da wirst du gut sitzen."

Es war eine Viererbank, und darauf saßen zwei Mädchen. Die rückten eilfertig beiseite, ich aber blieb vor der Bank stehen und schaute die Lehrerin ungläubig an. In einer Bank mit Mädchen sollte ich sitzen? Ich konnte mich nicht entschließen und blickte hilflos herum. Die Kinder ringsum begannen zu kichern, und ich wurde rot vor Scham und Entrüstung. Schließlich stieß ich hervor: „Bitte, Frau Lehrerin, neben Mädchen mag ich nicht sitzen."

„Ja, warum denn nicht? Hast du Angst vor Mädchen?"

„Nein, ich habe keine Angst, aber ich mag Mädchen nicht, weil, weil . . ."

„Also, du weißt nicht warum?"

Ich hätte schon gewußt, warum. Aber mein Blick war beim Sprechen auf ein Mädchen gefallen, das in der Bank dahinter saß: die Köttner Berta, die Tochter von unserem Hausherrn. Als ich sie erblickte, wollte ich nichts Schlechtes über Mädchen sagen, denn sie war meine Freundin. Sie war kein Mädchen, das gleich weint, wenn man es nur antupfte und zur Mutter „tratschen" geht. Die konnte laufen und springen wie ein Bub, und einmal war sie sogar auf einen Baum geklettert. Neben ihr hätte ich gerne sitzen wollen! Aber die Lehrerin erlaubte es nicht, als ich sie darum bat. „Bleib nur auf diesem Platz", sagte sie. „Die Mandl Grete und die Schöll Resi sind auch nette Mädchen; vielleicht werden auch sie deine Freundinnen werden." Ich schüttelte bös den Kopf, aber ich gehorchte. Mit diesen Mädchen werde ich nie Freund werden, nahm ich mir im stillen vor. Ich schaute sie nicht an, obwohl mir eine ein schönes Heiligenbild zeigen wollte, das sie in der Stunde vorher vom Herrn Pfarrer bekommen hatte. Mit bösem Gesicht starrte ich vor mich hin. Ich sah auch die Lehrerin nicht an, die vor unseren Bänken stand und mich kopfschüttelnd betrachtete.

„Nehmt jetzt die Bücher heraus", befahl sie nach einer Weile, „und schlagt die Seite auf, die wir zuletzt gelesen haben." Jetzt mußte ich wohl oder übel zu meiner Nachbarin schauen, denn ich wußte nicht, welche Seite gemeint war.

„Die Seite mit dem Apfelbaum", flüsterte mir die eine zu, und die andere half mir eilfertig beim Suchen.

„So, und nun soll uns der Viktor zeigen, wie er lesen kann!" Das war mir recht, denn ich konnte gut lesen, und ich wollte es den Kindern schon zeigen, die vorher über mich gelacht hatten, besonders aber den zwei Mädchen in meiner Bank. Wir hatten in der vorigen Schule die Seite schon gelesen, ich wußte sie fast schon auswendig. Darum surrte ich die Zeilen nur so herunter, ohne viel darauf zu achten, wann ein Satz zu Ende war und ein neuer begann.

„Halt, halt!" sagte die Lehrerin, „du kannst wohl recht rasch lesen, aber du mußt auch die Schlußpunkte beachten und die Wörter richtig betonen. Hör einmal, wie deine Nachbarin, die Mandl Grete, diese Stelle liest. Also lies, Grete!"

Und Grete begann zu lesen, wohl nicht so schnell wie ich, dafür aber mit „guter Betonung", und die Schlußpunkte beachtete sie auch. Da hatte ich es nun; sie konnte es besser als ich! Das hatte ich nicht erwartet. Grete schaute mich erwartungsvoll an, sie meinte wohl, ich würde sie loben. Aber ich tat ganz gleichgültig und hob meine Augen nicht vom Buch. Jetzt ließ die Lehrerin auch noch andere lesen, nur Mädchen, und die meisten machten ihre Sache gut. Dann kamen die Buben dran. Die hatten bei weitem nicht diese Übung. Einer war da, der kam überhaupt nicht weiter. Ich machte also die traurige Erfahrung, daß die Mädchen die weitaus besseren Leser waren. Das tat meinem Bubenstolz weh. Aber ich mochte sie trotzdem nicht. Nur die Köttner Berta, die mochte ich. Die konnte auch gut lesen, außerdem konnte man mit ihr richtig spielen, wie mit einem Buben.

Es läutete elf, der Unterricht war zu Ende. Wir stellten uns in Zweierreihen zum Fortgehen an: vorne die Mädchen, hinten die Buben. Das war auch wieder etwas, das mich ärgerte; warum die Mädchen voran? Aber jetzt durfte ich mich wenigstens bei den Buben anstellen.

„Warum sind die Mädchen vorne, und nicht wir?" fragte ich meinen Nachbar.

„Dös is, weil wir a Lehrerin hob'n", sagte er ganz ruhig. „Wann ma an Lehrer hättn, war'n wir voran."

Aha, da hatte man es wieder! Die Lehrerin führte uns bis zur Kirchenecke, dann durften wir unserer Wege gehen. Der erste Schultag war vorüber.

Karli hatte es nicht so gut; er mußte noch eine Stunde länger in der Schule bleiben. Ich ging mit der Köttner Berta heim. Unterwegs erzählte sie mir eine Menge von ihren Mitschülerinnen, zum Beispiel, daß sie auch im Schreiben besser wären als die Buben. „Und wie ist es im Turnen?" fragte ich. Ich war überzeugt, daß da die Buben auf alle Fälle die Trümpfe in der Hand hatten. Aber gefehlt: „Im Klettern sind wohl dö Buam dö Besseren", meinte Berta, „aber im Laufen und Springen san' ma grad so guat wia dö Buam." Da war also nichts zu machen. Sie erzählte mir noch von ihrer besten Freundin, die neulich einen Buben „gesalzen" hatte, weil er frech geworden war. Im Laufe des Gesprächs merkte ich, daß meine Mißachtung der Mädchen erheblich nachgelassen hatte, und es kam mir nicht mehr so unmöglich vor, daß ich doch noch mit meinen Nachbarinnen Freund werden sollte ...

## EIN ERKUNDIGUNGSGANG

Wir wohnten schon seit einigen Tagen in Grinzing, aber „im Ort drinnen" waren wir, Karli und ich, noch nicht gewesen. Das wollten wir nun nachholen. Der Tag war schulfrei, das Wetter heiter und warm. Darum nahmen wir uns vor, unsere Wanderung barfuß zu unternehmen. Mutter wollte es nicht erlauben; sie war zu sehr Städterin. Unsere Schulfreunde gingen aber schon lange barfuß, und sie konnten nicht genug Worte finden, uns zu schildern, wie fein man da ginge und wie gewandt man so auf Bäume klettern könne. Das mußten wir unbedingt auch einmal versuchen. Und wenn Mutter es nicht wollte, müßten wir es eben ohne ihre Erlaubnis machen. Wir gehen folgsam mit den Schuhen an den Füßen weg, nahmen wir uns vor, ziehen sie unterwegs aus und verstecken sie irgendwo. Auf dem Rückweg ziehen wir sie wieder an und kommen schön brav mit Schuhen nach Hause. Wir taten denn auch so. Wenn ich diesen Tag nach über siebzig Jahren immer noch lebhaft in Erinnerung habe, so mag wohl nicht zuletzt das wundervolle Gefühl, das der sonnenwarme Boden den nackten Füßen bereitete, Anteil daran haben.

Wir standen auf dem Unteren Platz, betrachteten die Häuser, und es schien uns, als ob auch die Häuser verwundert auf die zwei fremden Buben herabblickten, die ihre Augen so neugierig herumgehen ließen. Sie erschienen uns fremd in ihrer ländlichen Bauart, mit den kleinen Fenstern und dem großen Haustor. Aber sie heimelten uns an; sie hatten etwas von der Gutmütigkeit und Gemütlichkeit an sich, wie auch die Leute in Grinzing, die wir bisher kennengelernt hatten. Wir betrachteten die Geschäfte, die uns später alle so vertraut wurden, und lasen die Schilder: „Ludmilla Weber, Pfeidlerei"; „Oskar Hapach, Spengler"; „Theodor Graf, Glasermeister"; „Jakob Rieder"; „Josef Batek, Friseur"; „Franz Unterberger, Zuckerbäcker"; „Franz Nepelius, Wagner".

Wagner war ein uns bisher unbekannter Beruf. Das Haus hatte ein mächtiges Tor und dahinter eine große Einfahrt; da arbeitete der Meister. Nepelius war ein begehrter Mann für die Grinzinger Jugend. Er machte ihnen die Schlitten aus festem, zähem Holz, mit denen man über Stock und Stein und gleich auch über Stiegen hinunter fahren konnte. Er brachte mit gütigem Lächeln die niedergebrochenen Renner in Ordnung — und geschwind auch noch, denn die Kinder wollten ja den Schnee ausnützen, solange er lag.

Franz Nepelius, von den Grinzingern nur Nepöli genannt, soll der Abkömmling eines römischen Legionärs gewesen sein, der abgerüstet und sich seßhaft gemacht hatte. Ob es stimmte? Der Meister wußte es selber nicht. Dorfaufwärts gehend, schied eine Zeile von kleinen Häuschen den Platz in zwei Hauptstraßen, die Himmelstraße und die Kobenzlgasse, die kurz vorher Brauhausgasse geheißen hatte. Diese war bei der Teilung nicht gut weggekommen. Die Himmelstraße hatte sich recht breit gemacht und für ihre Nachbarin nur wenig Platz gelassen. Sie war so eng, daß man befürchten mußte, die wuchtigen Bierwagen, die zum Brauhaus fuhren, müßten darin steckenbleiben. Es ging sich aber zum Glück immer wieder aus. Dem Fußgänger konnte angst und bang werden, wenn er in der Enge mit solch einem Wagen zusammentraf. Er mußte sich an eine Hausmauer pressen, wenn er ungeschoren davonkommen wollte.

Was da doch für seltsame Häuschen standen! Karli versuchte, im Sprung den Dachrand mit der Hand zu erreichen, und es gelang ihm fast. Die Mauern erhoben sich oft nur mannshoch über den Erdboden, aber sie trugen ein Riesendach — Zwerge mit Wasserköpfen. Ein Wunder, daß die buckligen Mäuerchen unter der großen Last nicht in die Knie gingen. Aber ein geräumiger Dachboden war eben wichtiger als die menschlichen Wohnstätten. Die Weinhauer hielten noch Kühe, Schweine, Ziegen, und die brauchten Futter. Und der Winter ist lang. Wenn die Grundmauern stark genug waren, nagelte man da und dort sogar einen Oberstock aus Brettern zusammen, um noch mehr Bodenraum zu gewinnen.

In manchen kleinen Häuschen wohnte die große Neugier. Nicht genug damit, daß sie sich vorwitzig aus der Zeile hervordrängten, hatten sie auch noch in der vorspringenden Seitenwand ein kleines Fensterchen, den „Spion", durch den man sah, was straßauf, straßab geschah. Was konnte man schon durch die Fenster sehen, die gradaus auf die Brauhausgasse gingen? Ein paar Hühner und Gänse, die hier ein geruhsames Dasein führten! Aber durch den Spion konnte man

Inmitten des alten Weinbauernortes befand sich die Bierbrauerei „Zum St. Leopold“ (1903).

manches mehr erspähen, besonders wenn man in einer Feierstunde den Blick in die „Ferne“ richtete.

Wir näherten uns dem Brauhaus; das sagte uns die Nase. Wir brauchten dem Geruch bloß nachzugehen, der uns da entgegenschlug: Malzduft, vermengt mit dem Geruch frisch gepichter Fässer. Das ganze Oberörtl roch danach. Beim Brauhaus fand die Stille der Gasse ein jähes Ende: Maschinen ratterten, Brauburschen brüllten und vollbehängte Fässerwagen holperten über das bucklige Pflaster. Dem großen Brauhaustor gegenüber stand damals noch die Brauhausschank, alt, verwittert, mit zerschrundeten Mauern. Der Raum zwischen Schank und Brauhaus war so eng, daß es geradezu ein Kunststück war, die schwer beladenen Wagen aus der Enge unbeschädigt heraus zu fahren. Noch dazu mit Pferden, die — rundgefüttert mit Trestern — voll Kraft und Übermut waren. Die Hauswand gegenüber hatte dabei so manchen Stoß abbekommen; das bezeugten die vielen ziegelroten Wunden. Neben der Schank in einem Garten stand damals der heilige Nepomuk und schaute verwundert über den Zaun her dem lärmenden Treiben zu.

Auf dem Brauhausplatz, dem heutigen Pfarrplatz, betrachteten wir das schöne Pfarrhaus mit dem Wappen über dem Tor. Der Herr Pfarrer schaute zum Fenster heraus, und wir grüßten etwas betreten. Uns war, als sähe er uns unsere Untat an, als wir so barfuß vor ihm standen. Aber das fiel ihm nicht auf: barfuß zu gehen war ja üblich bei der Jugend hier. Er dankte freundlich, und man merkte, daß er uns erkannt hatte. Er war ja auch Katechet in der Grinzinger Volksschule, und dort waren wir ihm als Zuzügler aufgefallen. Solche waren damals ziemlich selten in Grinzing, sofern es sich nicht um Sommerfrischler handelte. Als wir weitergingen, sollten wir erfahren, daß es nicht ohne Gefahr für Buben war, den Ort so einfach zu durchstreifen. Es gab da eine Art „Ortswache", Buben, die es für ihre Pflicht hielten, den Ort vor unerwünschten Eindringlingen zu bewahren. Da kam auch schon so ein Wächter daher, ein Bub in Karlis Größe und Alter. Er hielt uns an und fragte mit finsterer Miene: „Was wollts denn ös da in Grinzing? Wo seids denn her?"

„Wir wohnen ja in Grinzing", sagte Karli. Aber das glaubte er ihm nicht.

„Wenn's aus Grinzing wärt's, müaßt i eich kenna."

„Wir wohnen noch nicht lang in Grinzing, drunt in der Grinzingerstraße."

„A, im Unterörtl? Mir san do im Oberörtl, da hob's ös nix verloren."

Wir wußten damals noch nichts von der erbitterten Feindschaft, die zwischen der Jugend des Unterörtls und der des Oberörtls bestand. Wir erkannten deshalb auch nicht, wie arg unser Vergehen war. Der Bub rempelte meinen Bruder an. Karli rempelte zurück. Ich Knirps stand daneben und stachelte meinen Bruder auf: „Laß dir nix g'fallen, Karli! Wenn er herhaut, hau' zurück!" Aber es kam nicht so weit. Wir standen vor dem Mesnerhaus, und aus dem trat eben — als rettender Engel — der Mesnerbub heraus. Er ging in Karlis Klasse. Oberörtl oder Unterörtl, dieselbe Klasse schaffte da einen Ausgleich; dazu waren Karli und der Mesnerbub Freunde. Der ergriff auch gleich unsere Partei. „Laß den Buam in Ruah!" schnauzte er unseren Rivalen an. „Der geht in mei' Klass und kann hingehn, wohin er wüll, verstehst?!" Drohend standen jetzt die beiden Oberörtler einander gegenüber, und schon schien es, als stünde eine Rauferei bevor. Da erschien aber gottlob die Mesnerin am Fenster und durchschaute augenblicklich die Situation.

„Franzl!" schrie sie mit drohend geballter Faust, „fong ma jo net wieder in's Rafen on, sonst gibt's wos! Du waßt do, was da g'schiecht, wannst mit Löcher in der Hosn hamkumst".

„Na, na, i raf net", sagte der Franzl und ließ gleich von seinem Gegner ab. Der Friede war wiederhergestellt.

Da standen wir vier Buben nun und wußten nicht, wie wir uns friedlich beschäftigen sollten. Franzl hatte eine Idee. „Wans wollt's, zag i eich die Kirchen", wandte er sich an Karli und mich. „Wanst wüllst, Peppi, kumm' a mit; san ma wieder guat", versöhnte er sich mit dem Ortsgenossen. Wir wollten alle und waren voller Erwartung. Er hatte den Schlüssel zum Vorgartentor; für die Kirche selbst hatte er keinen Schlüssel mit. Aber die kannten wir schon vom Sonntag her; uns lockte vielmehr der stark verwachsene Platz hinter dem Gotteshaus, wo es viele Spatzennester gab. Die Kinder in der Schule hatten davon schon erzählt. Nun, Nester gab es genug, aber sie waren leer; die Jungen waren

Mannagettagasse: Blick von der Grinzinger Volksschule gegen die Kirche (1892).

alle schon ausgeflogen. Franzl hatte auch den Schlüssel zum Turm mit, und nun kam das Schönste, Spannendste des ganzen Ausfluges für uns: Der Mesnerbub öffnete das Türl zum Turm und ließ uns eintreten.

Wir kamen aus dem strahlenden Licht des Frühlingstages in das Dunkel. Das Erdgeschoß hatte bloß einen schmalen, kleinen Fensterschlitz, durch den ganz wenig Licht hereinfiel. Es reichte bei weitem nicht, den Raum halbwegs zu erhellen. Gottlob hatte Franz das Turmtürl offen lassen, sonst hätte man überhaupt nichts gesehen. Kühl war es; uns fror in unseren „Ruderleiberln".

Der erste Eindruck, den wir vom Turm hatten, war enttäuschend. Mir war unheimlich, besonders wegen des dumpfen Pochens der Uhr, das man bis herunter hörte. Ich faßte Karli an der Hand und flüsterte: „Komm', gehen wir; das heißt ohnedies nichts." Aber Karli wollte nicht und flüsterte zurück: „Hab keine Angst, es geschieht dir nichts."

Für die zwei Grinzinger bot der Turm nichts Neues; sie waren schon oft hier gewesen und hatten ihr Unwesen getrieben. Unsere Augen mußten sich erst an das Dunkel gewöhnen, ehe sie alles ausnehmen konnten. Das Auffallendste, das wir zunächst sahen, waren die Glockenstränge, die durch Löcher in der Decke des Geschosses herunterhingen und sich wie Schlangen mit ihren Enden auf dem Fußboden ringelten.

„Paß auf!" sagte Franz, indem er einen Strang ergriff, „i' kräul' jetzt am Seil aufi, und die Glockn derf net anschlagen. Dös is a Kunststück, das net jeder zambringt." Und er erkletterte das Seil bis an die Decke, ohne daß die Glocke anschlug.

„Wie machst du denn das?" fragte Karli, „du hast doch ein ganz schönes Gewicht."

„Kommts mit ins erste G'läut (1. Stockwerk) nauf: do werd's glei segn, wia i dös mach." Wir gingen also hinauf, und da merkten wir auch gleich, wie es der Schlankel geschafft hatte ohne Anschlag. Im Strang war ein Knoten, und der ging nicht durchs Loch; also konnte die Glocke von unten gar nicht gezogen werden. So ein Lump! Er lachte, und wir lachten mit ihm. Damit war auch schon unsere anfängliche Beklommenheit verflogen.

„Do traust di' aber net aufikräuln, was?" fragte Peppi. „Na, do gengan die Sträng durch. Do gab's wos vom Voter, wann dö Glockn anschlagert."

Im ersten Stock war es viel heller und freundlicher. Durch kleine Fenster hätte man auf's Dorf blicken können. Die Scheiben aber waren so verschmutzt, daß man nichts sehen konnte. Sie ließen sich auch nicht öffnen. „Wart's, im nächsten G'läut geht's vielleicht", tröstete Franzl, „wenn's der Vater nicht vermacht hat. Es regnt do alleweil eini."

Der Vater hatte sie wirklich vermacht, und damit war's

wieder nichts mit dem Hinunterschauen. Jetzt versuchten wir's im dritten Geläut, und da gingen die Fenster richtig auf. „Wißts, do müassn dö Fenster aufgehn, damit die Läuterbuam außischaun können", erklärte Franzl. „Sö müassn aufpassen, wann der Leichnzug und a der Umgang (Fronleichnamszug) ins Gehn anfangt; do müassn's dann läuten."

Von den Fenstern konnte man bis an die Grenzen des Ortes sehen und noch weit darüber hinaus. Jeder Grinzinger konnte sich darauf verlassen, daß scharfe Bubenaugen und rüstige Bubenfäuste dafür sorgten, daß ihm auf seinem letzten Weg vom Wohnhaus zur Grabstätte der vertraute Glockenklang seiner Kirche begleiten werde. Wie gern hätten wir uns einmal an so einem Grabläuten beteiligt! Aber das ließ sich nicht machen.

„Der Vater nimmt zu jedem Läuten die Buam auf, und dö kriagn was dafür. Es san gonz bestimmte Buam, und dö lassen neamd zuwe", erklärte Franzl. „Amol is vurkumma", erzählte er lachend, „daß dena Läuterbuam das Göld zwenig wor, dös kriagt hättn. Do hams dös Turmtürl zuagsperrt und hob'n obeg'schrian: ‚Mir läuten net, wann ma net jeder statt fufzehn Kreuzer an Zwanz'ger kriagn, und dazu a no jeder a Blunzn!'. Do hot aner a Gedicht drauf gmacht:

Die Grinzinger Läuterbuam
streiken am Kirchenturm;
wollen statt fufzehn Kreuzer
an Zwanzger habn
und jeder a Blunzn dazua,
nocha gebn's erst a Ruah.

Seitdem heißen's uns Grinzinger ‚Blunzenstricker'."

„Und haben sie die Blunzen auch wirklich kriegt?", fragte ich begierig.

„Dös was i net. I hob den Voter amal danoch gfragt, aber der hat's a net gwußt. ‚Dö Blunzn werd'ns scho kriagt hobn', hot er gsagt, ‚und a paar Watschen als Draufgab'. Und jetzt steigen ma zu dö Glockn aufi. Aber da haßts aufpassen, daß ma net ausrutscht und über dö Stiagn abifliagt, weil dö Spatzen und dö Tauben alls anpatzeln. Dö Muatta muaß alle Bot aufwaschen, aber allweil hot's a ka Zeit!"

Nun standen wir vor den Glocken und betrachteten sie mit ehrfurchtsvollem Staunen. Ihre Stimmen kannten wir ja gut, weil sie täglich herunterriefen. Nun lernten wir ihre mächtigen metallenen Leiber kennen. Still hingen sie da und bewegungslos, immer aber bereit, zu klingen und zu rufen. Riesenhafte Glocken, und doch konnte sie ein Bub wie Franzl oder Pepperl nach Belieben zum Läuten bringen. Stolz klopfte Franzl mit dem Fingerknöchel auf die Größte der Glocken. „Dös is die Knödelglock'n. Die wird um elfe g'läut, wann die Hauer vom Weingarten rein zum Essen kuma solln. Und dös", er wies auf die zweitgrößte Glocke, „is dö Mehlspeisglock'n; dö wird um zwölfe in drei G'sätzln g'läut. Dö hat den schönsten Klang, und ma hört's am weitesten."

Und als wollte sie ihre schöne Stimme zeigen, hob sich der mächtige Hammer seitlich und schlug gewaltig auf sie los: einmal, zweimal. Es war halb zwölf. Die große Glocke zeigte die Stunden an, die kleinere die Viertelstunden. Wir hätten noch gerne zwölf Uhr schlagen und läuten gehört, aber wir durften nicht mehr so lange warten. Wir hatten ohnedies schon ein schlechtes Gewissen, weil wir so lang weggeblieben waren. Franzl zeigte uns noch die Gebetsglocke, die früh, mittags und abends zum „Angelus" geläutet wird. Und das Zwerglein unter den Riesen, das Sterbeglöcklein, ‚Ziemglöckl' genannt, das beim Ableben eines Mannes dreimal, einer Frau zweimal, bei einem Kind einmal geläutet wurde. Wir stiegen jetzt vom Turm herab und standen wieder auf der hellen, sonnenbestrahlten Straße. Wie gut die Wärme tat nach der dumpfen Kühle, die im Turm geherrscht hatte! Wir schauten noch einmal von unten hinauf: Im dritten Geläut hatten wir aus dem Fenster geblickt und unser Haus in der

Grinzinger Straße gesehen. Wenn Mutter gesehen hätte, wo wir gewesen waren, sie wäre ganz schön erschrocken gewesen. Aber wir wollten es ihr schon so sagen, daß sie nicht im Nachhinein um uns zittern müßte. Und alles, was wir gesehen und erlebt hatten, würden wir ihr auch erzählen; nur nicht, daß wir barfuß gegangen sind. Wenn um zwölf Uhr die Glocke läutet, werden wir aufpassen, ob sie wirklich so eine schöne Stimme hat und ob sie ihre drei „Gesätzeln“ brav herunterläutet. Bis jetzt hatten wir uns nicht viel ums Läuten gekümmert. Jetzt aber hatten wir die Glocken ganz von der Nähe gesehen, und sie uns auch. Wenn sie nun erklangen, dann war es, als ob gute Bekannte einen besonderen Gruß herunterschicken wollten.

## STALLERLEBNISSE

Wie alle Buben hatten auch Karli und ich Pferde sehr gerne: die starken schweren, die einen vollbeladenen Kohlen- oder Ziegelwagen ziehen konnten und dabei so gleichgültig dreinschauten, als wäre das für sie eine Spielerei; auch die schönen, schlanken Fiakerpferde, die so stolz ihre Beine werfen, wenn sie über die Straße dahinflitzen.

Auf unserem Schulweg in der Stadt waren wir immer an einem Fiakerstandplatz vorbeigekommen, und da hatten wir Gelegenheit gehabt, unsere vierbeinigen Lieblinge ausgiebig zu betrachten. Am liebsten standen wir dort, wenn sie gefüttert und getränkt wurden. Wenn sie den Freßsack umgebunden bekamen, dann schnaubten sie einmal fest hinein und begannen dann zu fressen, ganz gemächlich; nicht hastig und gierig wie andere Tiere. „Drum san's so groß und stark“, sagte mir einmal ein Fiaker, weil ich mich wunderte, daß sie so lange zum Fressen brauchten. „Dös ist net anders als bei dö Kinder“, plauderte er weiter, „nur aus dö wird was, dö langsam essen und anständig beißen. Dö schlingen, ohne z'beißen, bleiben klan und schwach." Aha, da hatte ich es jetzt! Wußte er, daß ich mir manchmal zum Essen kaum Zeit nahm?

Pferde in der Stadt bei ihrer Arbeit hatten wir also oft genug gesehen, aber nun konnten wir sie in ihrer Behausung betrachten! Das taten wir denn auch, Karl und ich. Wir waren anfangs kaum mehr aus dem Stall herauszuholen, zum Leidwesen unserer Mutter: Sie war besorgt wegen des Ausschlagens, und wir brachten einen ihrer Meinung nach „scheußlichen Geruch" mit in die Wohnung. Da standen wir einmal vorsichtig an die Stallwand gedrängt vor den Pferden und hätten gerne die Fliegen verjagt, die sie ständig umsummten und belästigten. Aber eingedenk der nachdrücklichen Warnungen unserer Mutter wollten wir den Hinterbeinen nicht zu nahe kommen. Da kam unsere Freundin, die Berta, herein, sah uns und fragte verwundert: „Hob's ös am End a Angst vor die Roß? Dö tan euch nix. Do schauts mi an", sie schlüpfte neben einem Pferd bis zur Futterkrippe vor, tätschelte es am Hals und nannte zärtlich seinen Namen. Das Pferd biß nicht und schlug nicht aus, es ließ die Ohren ein wenig spielen und fraß ruhig weiter. Da wuchs auch uns der Mut; wir näherten uns den Pferden, tätschelten sie und verscheuchten ihnen die Fliegen. Damit war unsere Scheu überstanden. Wir reichten ihnen Futter und etliche Leckerbissen, schafften Ordnung an ihrem Platz und taten ihnen mancherlei zuliebe. Bald rochen wir nach Stall — wie richtige Stallburschen, und Mutter wollte oft böse werden. Aber wenn sie unsere strahlenden Gesichter sah, während wir ihr unsere Erlebnisse berichteten, nahm sie den Duft in Kauf und ließ uns unsre Stallfreuden.

Und eines Tages kam das große Glück zu uns: Als wir wieder einmal im Stall herumstöberten, trat der Hausherr herein, schaute uns eine Weile lächelnd zu und wandte sich an Karli. „So a großer Bua müaßt eigentlich schon mehr

GRINZINGER KIRCHE UND STATUE DES HEILIGEN NEPOMUK.
Aquarell von Rudolf Schmidt.

können, als nur so im Stall umanander tuan. Was wär's, wannst ma mein Bräunl einspannen tätst; kannst dös?"

Karl schluckte ein paarmal vor freudiger Überraschung, bevor er hervorstieß: „Freilich kann ich das", und dabei ein Gesicht machte, als handelte es sich um eine alltägliche Sache. „Na also, dann tua scho!" forderte ihn Herr Köttner auf. Karli stürzte — rot vor Eifer — zur Geschirrkammer. „Halt, halt! Wo wüllst denn hin?" Der Mann schüttelte lächelnd den Kopf über den blinden Eifer meines Bruders und belehrte ihn dann: „Merk da dös, bei all'n, wos man mocht, muaß der Kopf dabei sein. Du wirst do net des schware G'schirr in Stall schleppen. Dös soll si' der Bräunl selber holn, der tuat si' damit leichter als du. Alsdan' moch ihn vom Stand los und führ ihn zur Kammer, und dort legst ihm des G'schirr um. Manst net a, daß es so besser is, als es du häst wolln?" Karli bejahte kleinlaut und holte den Braunen heraus. Ich ging neben ihm her und teilte sein Glück, das ihm da so unerwartet zuteil geworden war.

Als Karl um das Geschirr in die Kammer ging, durfte ich das Pferd am Halfter halten. Ich stand auf dem Gipfelpunkt der Seligkeit. Mein Bruder kam mit den Sachen, und nun war der große Augenblick da, in dem es sich beweisen sollte, daß er kein Angeber, sondern ein wirklicher Könner war. Er hängte dem Pferd das Geschirr um, das leichte natürlich — das reichte für das kleine Zeugl —, machte die Zugstränge am Wagen fest, steckte dem Tier die Trense ins Maul, hakte das Leitzeug ein und wickelte es griffbereit um die Bremskurbel. Er tat alles so, wie er es oft und oft bei den Kutschern gesehen hatte. Alles stimmte, und der Hausherr nickte beifällig. Ich aber stieß wieder meinen Atem voll heraus; die Aufregung hätte ihn mir fast verschlagen. „Guat hast es g'macht", sagte der Köttner. „Und weilst ma so brav gholfen hast, derfst bis zum Tor fahren." Karl nickte nur kurz, stieg auf den Wagen, ergriff die Zügel und mit „Hüo!" begann die erste Fahrt seines Lebens — bis zum Tor. Der Hausherr ging vorsichtig neben dem Wagen einher. Er half Karli vom Kutschbock herunter, klopfte ihm auf die Schulter und meinte lachend: „Du bist scho' a fertiger Kutscher; g'fahren bist wia a Alter. Wenn i wieder amal wegfahr, derfst mitfahrn, und do loß i da dann a wengerl lenken. Heut geht's net, heut fahr i z'weit. Pfüat enk!“ Er stieg auf den Kutschbock und fuhr los. Wir zwei aber standen da, gebadet in Glück. Dann liefen wir flugs zur Mutter; wir mußten unserem Herzen Luft machen und es ihr erzählen.

In den nächsten Tagen hatten Karl und ich nichts anderes im Kopf als Pferd und wieder Pferd und alles, was damit zusammenhängt. Ich war fest entschlossen, einmal Kutscher zu werden. Mein Bruder war anspruchsvoller, er wollte Fuhrwerksbesitzer werden wie der Hausherr; mit einem großen Stall mit Pferden, mit schönen Wagen und mit einem Schlitten für den Winter. Kühe aber wollte er keine haben. Die gefielen ihm nicht und mir auch nicht. Die glotzten uns immer so blöd an, wenn wir in ihren Stall kamen. Auch machten sie alles schmutzig mit ihren Patzen, die sie fortwährend fallen ließen. Da waren die Pferde ganz andere Kerle. Wir blieben dabei: Pferde wollten wir haben, aber keine Kühe.

Als wir einmal dem Hiasl, dem Knecht im Pferdestall, unsere große Liebe zu Pferden und unsere Verachtung für die Kühe gestanden, meinte er: „Do hob's scho' recht; a Roß is a Roß und a Kuah is a blöd's Viech, dös paßt nur für Weiberleut. Schauts die Rosl, die Kuhdirn an; dö kennt nur ihre Küah, und dö Küah kennen sie. Und wenn's in Stall einikumt, dann schrein's muh! muh! und schlagen mit dö Schwaf umadum vor lauter Freud. Wann aber unserans einikumt, dann schaun's nur blöd und rühr'n si' net.“ So sprach der Hiasl, und der verstand etwas vom Vieh. Wir waren stolz darauf, daß wir so dachten wie der Fachmann. Als echte Männer mieden wir von nun an den Kuhstall.

Eines Tages kam die Rosl auf mich zu und fragte mich: „Wüllst was Liabs segn, Vikerl?“ Freilich wollte ich und fragte: „Was willst du mir zeigen, Rosl?“ „Dös wirst scho segn, kumm nur!“ Sie faßte mich an der Hand und zog mich zum Kuhstall. Ich wollte nicht, da schob sie mich einfach hinein und wies mit dem Finger auf ein braunes Häufchen, das neben einer Kuh im Stroh lag. Es war ein ganz kleines Kälbchen. „Na, was sagst jetzt?“ fragte Rosl. Ich sagte gar nichts und schaute nur immer auf das kleine Wesen. Dann staunte ich über die Mutter, die so ganz anders dreinblickte als sonst; fast wie eine Menschenmutter, die liebevoll auf ihr Kind schaut. Zärtlich leckte sie ihr Kindchen ab und stieß es mit dem Maul an. Es sollte auf den Beinen stehen und bei der Mutter trinken. So erklärte mir Rosl. Das Kalb verstand endlich, was die Mutter wollte: es erhob sich auf wackeligen Beinen, drängte sich ans Euter und trank. „Na, g'fallt dir dös?“ fragte die Rosl. Und ob es mir gefiel! Ich konnte mich nicht sattsehen an dem lieblichen Bild. Mir tat nur leid, daß es Karl nicht auch sah; er war noch in der Schule. Aber ich würde es so machen, wie die Rosl mit mir, nahm ich mir vor. Ich werde ihn in den Kuhstall führen. Er wird nicht wollen, weil er ein Kuhfeind ist, aber schließlich wird er doch gehen, wenn ich ihn recht neugierig mache. Ich freute mich sehr auf den Augenblick, da er das Kalb sehen wird. Der wird schauen!

Als er endlich kam, fragte ich ihn: „Willst du was Schönes sehen?“ Und als er erwartungsvoll nickte, führte ich ihn zum Kuhstall. Und weil er mir ansah, daß es da etwas Besonderes gab, folgte er mir. Jetzt ging es ihm, wie es mir ergangen war, er konnte sich nicht losreißen von der mit einemal so klug und menschlich dreinblickenden Kuh und ihrem Kind. Erst als uns die Mutter zum Essen rief, verließen wir mit Widerstreben den Stall. Sie machte ein böses Gesicht, weil wir uns mit dem Kommen Zeit gelassen hatten und wegen des Stallgeruches, den wir zum Mittagstisch brachten. Als wir ihr aber dann vom Kälbchen berichteten, wurde sie gleich wieder freundlich und versprach, das Kälbchen nach dem Essen mit uns zu besuchen. Auch sie war begeistert von dem lieben

Tierchen und von der zärtlichen Mutter. Zum Schluß meinte sie: „Jetzt habt ihr aber genug geschaut. Die Kuh hat es sicher am liebsten, wenn sie mit ihrem Kind allein sein kann, und ich mag nicht, daß ihr die ganze Zeit im Stall herumsteht. Geht jetzt an die frische Luft!“

Wir gingen zur Schaukel; Karl setzte sich drauf, blieb aber ruhig sitzen und schien über etwas nachzudenken. Dann stieß er sich mit den Füßen ab und schwang sich hoch hinauf. Und als er ganz hoch oben war, schien er auch den Gipfelpunkt seiner Gedanken erreicht zu haben. „Du, Viki!“ schrie er mir von oben zu, „ich werde doch auch Kühe haben, wenn ich groß bin. Du auch?“ „Ja“, sagte ich, „aber sie müssen Kälber haben“.

## DER KÖTTNER STECKT AUS

Der Köttner war schon seit Tagen „grantig“. Er mußte ausstecken, und das war ihm in die Seele hinein zuwider. Aber das Faßgeschirr im Keller war voll, und man brauchte Platz für die neue Fechsung. Er hatte ja nur gute Weinlagen: einen Mitterberg, einen Unger, einen Schreiber und weiß Gott was noch für Gründe. Er brauchte sich also mit seinem Wein nicht zu verstecken. Darum ging's ihm auch nicht. Aber das Heurigengeschäft war einfach nicht seine Sache. Er war Fuhrwerker, und das Herumschwänzeln um die Gäste ging ihm gegen den Strich. Das sagte er frei von der Leber weg. Auch die Köttnerin war keine Freundin vom Ausstecken. Es machte ihr wohl Freude, wenn der Hof und die Einfahrt voller Gäste waren, wenn also viel Geld hereinging. Leider aber war ihr Mann der beste Gast. Zahlen tat er freilich nicht, aber dafür trank er um so mehr. Der Arzt hatte ihm das viele Trinken verboten. Aber wenn der Köttner einmal dabei war, kümmerte er sich keinen Pfifferling um den Arzt.

Was es vor dem Ausstecken alles zu arbeiten und zu bedenken gab: der Hof mußte auf Glanz hergerichtet werden, hier saßen die Gäste. Und je sauberer und netter er war, desto lieber kamen sie. Das Pflaster mußte einmal gründlich gereinigt werden von den Spuren, die Pferde und Wagen hinterlassen hatten. Der Wirtschaftshof mit den Stallungen, den Wagen und allerlei Gerümpel mußte mit grünen Stakettenwänden abgedeckt werden, Türen und Fenster waren zu reinigen. Dann kamen Tische und Bänke vom Dachboden herunter und wurden in Reih und Glied aufgestellt. Das Ganze mußte ein Gesicht haben, denn der Köttner „war jemand“ in Grinzing, und er wollte sich „nichts nachsagen lassen“.

Lang hielt es der Hausherr bei der Räumerei nicht aus; er setzte sich auf sein Zeugl und fuhr davon; auf seine Frau konnte er sich verlassen! Und die Arme werkte von früh bis spät, bis sie sich endlich abends todmüde auf das Plätzchen vor unserem Fenster niederlassen konnte und zu Mutter über ihren Mann schimpfte, der sich „von der Arbeit drückte“ und „ihr allein alle Mühe aufhalste“. Sie meinte es nicht böse und tröstete sich mit den Worten, daß die meisten „Manna so san und daß man Gott sei Dank a ohne eaner fertig wird“. Aber die Arbeiten im Keller und mit dem Wein, die machte doch ein Mann. Das war der alte Straßer. Er war „Weinzettel“ beim Köttner und hatte die ganze Weinwirtschaft unter sich. Der Chef hatte dafür keine Zeit und auch keine Lust. Beim Straßer wußte er alles in guten Händen.

Am Tag vor dem Ausstecken war alles schon in bester Ordnung. Auch die Schank war schon untergebracht, und zwar in der Küche. Dort war Platz genug für das Kochen, für den Schanktisch und den Kasten mit den blankgeputzten Gläsern und Flaschen. Auch ein Tisch mit zwei Bänken und ein paar Stühle fanden darin Raum. Das war ein Extraplatz für Einheimische, die in Ruhe und Stille ihr Glas trinken und untereinander sein wollten. Die hielten nichts von der „Remasuri“ draußen im Freien. Sie waren Fachleute und wollten ungestört den Wein verkosten. Freilich fiel die Kostprobe nicht selten recht ausgiebig aus. Der Hof war oft schon leer, aber die Herren Weinkenner kosteten immer noch; oft bis in die Früh. Die arme Wirtin kam dabei um ihren wohlverdienten Schlaf, und das wegen ein paar „Drahrer“, zu denen meist auch der Köttner gehörte.

Alles war fertig, nur der „Zager“ fehlte noch zum Beginn. Da traten vier Männer durch das Tor, bescheiden und in dienstbereiter Haltung. Die Instrumente, die sie trugen, wiesen sie als Musikanten aus. Sie fragten nach dem Wirt. Der war nicht da, und man wies sie an die Wirtin. Die wußte Bescheid, bevor die Männer zu sprechen begannen.

„Ah, ös seids Musikanten“, redete sie sie an. „Ös wollts bei uns spüln, net? Woher wißt ös den überhaupt, das ma ausstecken? Mir hobn net amol no den Zager heraußt, und ös seids scho do.“

„So was redt si ’rum, gnä’ Frau, besonders wenn aner aussteckt wia der Köttner.“

Die Antwort, die der Harmonikaspieler gegeben hatte, war gut; sie gefiel der Köttnerin. Sie fragte nun schon weniger hantig: „Könnts a richtig spüln? Do setzts enk nieder und zagts, wos könnts!“

Das war schon ein Erfolg. Die Musikanten setzten sich erleichtert um einen Tisch herum, nahmen ihre Instrumente zur Hand — Gitarre, Ziehharmonika und zwei Geigen — und spielten. Das war der Anfang einer Zeit, in der es an schönen Sommerabenden aus allen Höfen und Gärten in Grinzing zu klingen und singen begann. Eine Zeit, in der Gesang und Musik den Ort wie eine zauberhafte, klingende Wolke umgaben, dem Wein köstliche Würze verliehen, unbeschwerte Freude und Heiterkeit bereiteten, die die Beliebtheit des Ortes begründeten.

Einige Jahre später kam die Straßenbahn nach Grinzing; dann erst wurde der Ort bei den Wienern so richtig bekannt. Und bekannt und beliebt wurde auch der gute, billige Grin-

Heurigenausschank von Josef Manhart in der Kobenzlgasse 15 (vor 1914).

zinger Wein, der gemütliche, unterhaltsame Grinzinger Heurige. Zu dem gehört aber auch die richtige Musik, und darum ist jetzt der Musiker ein gesuchter Mann. Er kommt nicht mehr bescheiden, um vom Wirt die Erlaubnis zum Spielen zu erbitten. Es treten wirkliche Könner auf, etwa die Spieler des Lenz-Quartetts, Sänger wie Niernsee, Komiker wie der Böhmische Meyer, der Loisl Ungrad, der „Rote mit der Fliegen", der Kubala und so weiter. Sie sorgen für Stimmung und tüchtigen Weinkonsum, aber sie lassen sich ihre Tätigkeit auch gut bezahlen. Ihre Frage dem Wirt gegenüber lautet jetzt: „Was zahlen Sie denn für die Stangen, wenn wir kommen?" Der Hauer weiß, wieviel in seinem Geschäft von einer guten, bekannten Kapelle abhängt und ist nicht knauserig. „Ohne Geld ka Musi, und ohne Musi ka G'schäft", heißt's nun. Aber damals, als die munteren Klänge im Hof vor unserem Fenster erklangen, Karli und ich unser Schreibzeug hinwarfen und zur Musik eilten, war es noch nicht so weit. Da saßen die vier und bemühten sich, die einfache Weinwirtin mit ihrer Musik zufriedenzustellen. Und sie waren glücklich, als sie Erlaubnis zum Spielen bekamen. „Meinetwegen", sagte die Köttnerin, „dürfts spieln kumma. Daß ma oba net zuadringli werds und die Gäst vertreibts". Das versprachen sie und zogen überglücklich ab.

Gut machte sich das Geschäft. Zu dem guten Namen Köttner kam nun auch noch die Musik, die den Gästen gefiel. Auch das Wetter war schön. Der Hof konnte oft die vielen Leute nicht fassen, die zum Köttner kamen. Die Frau kam kaum mit der Arbeit nach, weil der Mann „unglücklicherweise" ausgerechnet jetzt mit seiner Fuhrwerkerei so viel zu tun hatte.

An einem schönen Sommernachmittag hatten mein Bruder und ich ein ganz besonderes Erlebnis. Wir saßen an einem leeren Tisch und warteten auf Gäste, als ob wir die Wirtsleute wären. Da trat unser Oberlehrer in den Hof ein. Den hatten wir wirklich nicht erwartet und wollten uns nach schüchternem Gruß erheben. Aber er hieß uns sitzen bleiben, bestellte ein Glas Wein und setzte sich zu uns. Er kostete von dem Wein, trank, schnalzte mit der Zunge und meinte: „Ich muß euch etwas verraten, Buben, ich bin nicht zuletzt euretwegen hergekommen." Da hatten wir es nun! Wie die meisten Buben hatten auch wir niemals ein ganz reines Gewissen und erwarteten nichts Gutes. Er schien das zu merken und sagte lächelnd: „Keine Angst, es geschieht euch nichts; ihr sollt mir nur etwas vorsingen. Ich weiß, daß ihr beide eine schöne Stimme habt. Nun macht einmal die Heurigensänger für mich. Der Wein schmeckt besser bei einem guten Gesang!"

Das war wohl das höchste, das wir uns erträumen konnten: wir sollten es so machen wie die Sänger und Musikanten, denen wir täglich in scheuer Ehrfurcht zuhörten? Er war freilich nur der einzige Gast, aber das beeinträchtigte unsere Freunde nicht. Wir holten tief Atem, und dann legten wir los; ich sang die erste, Karli die zweite Stimme: „Sah ein Knab' ein Röslein stehn". Unsere Eltern waren mit einem „Aber-Kinder" aus der Wohnung geeilt und wollten erschrocken die vermeintliche Belästigung abstellen. Aber Herr Ellinger hob beschwichtigend die Hand: „Bitte, lassen Sie sie nur singen, ich habe sie ja darum gebeten." Das machte uns Mut, und es ging mit erhöhtem Stimmaufwand weiter: „Ich hatt' einen Kameraden", „Morgenrot", „Brüderlein fein" und Gott weiß, was uns alles auf die Zunge kam. Dem Oberlehrer gefiel es; er nickte jedenfalls zustimmend mit dem Kopf bei jedem Lied, und zum Schluß klatschte er sogar. Als er ging, dankte er für den schönen Gesang. Zu den Eltern sagte er: „Ihre Buben haben recht gute Stimmen. Sie können Freude mit ihnen haben."

Am Abend füllte sich der Hof mit Gästen. Die Musikanten kamen und bezogen ihre Plätze, die „Kasfrau" kam, der „Zukkerlmann" mit seinem Glücksbeutel — „grad oder ungrad" —, der „Brotschani" rief sein Hausbrot aus. Der Abend verlief so wie alle anderen vorher. Nicht aber für uns Buben. Karli und ich standen noch ganz unter unserem Nachmittagserlebnis. Wir saßen auf dem Platz vor unserer Wohnung, versonnen in frohem Erinnern. Wir hatten die gleichen Gedanken. Karl gab mir einen gelinden Rippenstoß und meinte: „Du, ich bin so froh, daß wir in Grinzing wohnen! Bist du nicht auch froh?" — „Freilich bin ich auch froh", sagte ich und gab ihm seinen Rippenstoß zurück.

## IM OBERÖRTL

Die „Oberörtler" und die „Unterörtler" hatten Streit miteinander. Worum es dabei ging, konnte man nie so recht erfahren. Dabei wußte man gar nicht genau, wo die Grenze zwischen den „feindlichen Gebieten" lag. Wenn wir Schulkinder uns nach Unterrichtsschluß an der Ecke der Kirche zerstreuen durften, gab es sogleich einen Kampf um den „Bären", also darum, welche Partei den letzten Schlag bekommen hatte: die Oberörtler oder die Unterörtler. Die Grenze bildete also für uns die Mannagettagasse. Aber der Obere Ort nahm seinen Anfang so richtig erst ober dem Pfarrplatz, dort, wo die Kobenzlgasse in einem neuerlichen Engpaß weiterlief und die bis nun so protzig breite Himmelstraße zu einem schmalen Gäßchen wurde. Die Streitigkeit führte im großen und ganzen die Jugend, führten hauptsächlich die Buben. Aber einmal mußte es einen Grund gegeben haben, der die Großen in Hitze brachte. Und wie die Alten sungen, so zwitschern eben die Jungen. Als die Alten schon lange friedlich miteinander auskamen, es nur bei gelegentlichen Sticheleien beließen, führte die Jugend den Krieg weiter. Vielleicht lag es daran, daß sich die Leute vom Unteren Ort als die nobleren ansahen. Der untere Ortsteil hatte einen überwölbten Bach, die behäbigen Häuser muteten zum Teil schon kleinstädtisch an, ebenso die stadtwärts ausgreifenden Straßen. Im oberen Ort floß der Bach noch immer offen dahin. Die kleinen Hauerhäuschen zur rechten Hand waren nur über Stege zu erreichen. Die Weingründe reichten weit ins Dorf hinein, die dürftigen Straßen dienten hauptsächlich dazu, daß der Hauer mit seinem Fahrzeug zu seinen Weingarten fahren konnte. Bei den Alten ging die Großtuerei meist ins Spaßhafte. Bei einem Glase Wein kam es gelegentlich zu Plänkeleien, bei denen es in der Regel weder Sieger noch Besiegte gab. Die einen führten ihren nobleren Ortsteil ins Treffen, die andren ihre günstigeren Weinlagen. Und wenn sie den Unterörtlern vorhielten, daß sie drunten nur „Rauden" hätten, in denen „Sauerampfer" wächst, stießen sie oft bei ihren eigenen Mitstreitern auf Widerstand, weil die auch die eine oder andere „Rauden" im Unterörtl hatten. Und daß da kein Sauerampfer wachse, davon könne sich jeder überzeugen, sagten sie und luden zu einer Kostprobe ein. Sie fiel gewöhnlich recht ausgiebig aus und endete in aller Gemütlichkeit.

So stand es also mit dem Streit im Dorfe, als Karl eines Tages aus der Schule kam und Mutter bat: „Dürfen wir heute nach dem Essen ins Oberörtl gehen? Ich habe einen Freund dort, und der hat mich eingeladen. Den Viki auch." Karli hatte die Frage mit einigem Bangen gestellt, weil ja das Oberörtl für uns feindliches Gebiet war. Aber die Mutter hatte keine Ahnung von den Bruderkämpfen in Grinzing. Sie sagte deshalb „ja" und fragte nur: „Wie heißt dein Freund und wo wohnt er?" „Schredt heißt er und wohnt ein paar Häuser ober dem Reisenbergweg." — „Dort ist ja der Bach offen; gebt acht, daß ihr nicht hineinfallt und ertrinkt!" Sie lachte dabei und wir lachten auch, der Bach hatte meist kaum Wasser. Nach einem Regen freilich schwoll er in kürzester Zeit hoch an, und da war mit ihm nicht zu spaßen. Da erzitterte manch schwankendes Steglein unter dem ungewohnten Anprall des Wassers und machte den Hausvater bange um seine einzige Verbindung mit der Außenwelt.

Am Tage des Ausfluges ins Oberörtl war aber wunderschönes Wetter. Als wir an den offenen Bach kamen, zwängte sich ein schmales Wässerchen zwischen Steinen und Kraut- und Blätterwerk hindurch nach der dunklen Öffnung der beginnenden Einwölbung. Dort stand eine Nepomukstatue und schaute bekümmert dem Wasser nach, das verschwand und ihn auf dem Trockenen zurückließ. Er war viel kleiner als der hl. Nepomuk auf dem Pfarrplatz, der durch ein Gehäuse geschützt auf der Stelle stand, wo der Nestl- und der Pointenbach zusammenflossen. Dort gab es mehr Wasser, und deshalb mußte auch der Heilige stattlich ausfallen. Aber auch er stand nun auf trockenem Boden und schaute den Bierfässern nach, die Tag für Tag an ihm vorbeigefahren wurden.

Das Schredthaus lag jenseits des Baches. Ein breiter, starker Steg führte zum Haus. Der Schredt hatte — wie die meisten Hauer — auch Pferde, Kühe, Schweine; und für sie mußte das Futter nach Hause gefahren werden. Für die schweren Wagen mußte der Steg breit genug sein. Vor dem Haus war ein Grasgarten, in dem eingeschlagene Tische und Bänke standen. Hier tranken die Gäste bei schönem Wetter ihren Wein. Ein guter Platz hier — am Bach, unter schattigen Nußbäumen!

Als wir kamen, war kein Ausschank; auf den Tischen und Bänken hockten Hühner und ließen es sich im Schatten wohl sein. Ein paar Enten watschelten auf dem Rasen herum und zupften an den kurzen Halmen. Unten im Bach hatte Herr Schredt für sie ein „Tümpfel“ gemacht, in dem sie wenigstens ein bißchen herumplantschen konnten. Zum Schwimmen reichte es wohl kaum, und finden konnten sie auch nicht viel im Wasser. Aber es war wenigstens naß, und das war schon was für Enten ... Neben der Brücke führte ein Weglein hinunter zum Bach, direkt zum Tümpfel, in dem jetzt ein Bündel Stroh lag, von einem Stein beschwert, damit es nicht davongeschwemmt werde. Das war „Bandelstroh“ zum Festbinden der Reben an den Stöcken.

Unser Hausherr, der Köttner, hatte vor ein paar Tagen solche Strohbündel zurechtgehackt:

„Das ist a Bandlstroh“, hatte er uns gesagt, „dös ghört zum —“. Wir wußten es schon!

„Und das g'hört zum Rebenfestbinden“, setzte Karli die Erklärung stolz fort.

„Wanns eh schon alles wißts“, meinte Schredt Franzl etwas gekränkt, „dann zag i' eich nix mehr; do moch ma wos anders. Wißts wos, wir bauen miteinander das Tümpfel a weng größer, da lossn ma Schinakl fahrn; wollts?“

Gern wollten wir! Wir gingen das Weglein zum Bach hinunter und machten uns gleich an die Arbeit, hoben Steine aus dem Hang und bauten damit den Wall höher und breiter. Am Ende hatten wir ein ganz schönes Wasserbecken beisammen. Karli und ich zogen Schuhe und Strümpfe aus — Franzl war ohnedies barfuß — und wateten im Wasser herum. Dann fanden wir eine leere Sardinenbüchse und ließen sie als Schiffchen schwimmen. Schön war's herunten im Bach! Am hausseitigen Hang standen zwei Zwetschkenbäume, voll mit Früchten; leider waren sie noch grün. Auf der anderen Seite war eine große Hollerstaude, direkt neben dem Steg. In einer Astgabel war eine lange Stange befestigt, die schräg in die Gasse hinausragte. Wir zwei Buben waren noch zu neu in Grinzing, darum konnten wir uns den Zweck der Stange nicht erklären; deshalb fragten wir.

„Dös is für'n Zager", erklärte Franz. „Wenn ausg'steckt wird, kommt der Föhrabuschen dran, dös haßt dann, daß in dem Haus Wein ausg'schenkt wird. Wenn's finster wird, kommt auch noch a Latern' dran, daß da Buschen richtig z'segn is. Morgen, am Samstag, stecken wir aus, da kommt dann der Buschen dran. Aber vorher gibt's no a Massa Arbeit."

Aha, jetzt wußten wir's. Der Köttner hatte auch ausgesteckt, aber der war ein noblerer Heuriger: Sein Buschen wurde an einem eisernen Arm festgemacht, der in die Hauswand ober dem Tor eingelassen war. Eine Laterne mit farbigen Gläsern hing auch daran. Der Buschen am Stangel erfüllte gleichfalls seinen Zweck. „Wos meints, wos dös Ausstecken für a Müh und Plag macht", berichtete jetzt Franzl. Wir hatten ihm mit unserer Frage Lust zum Erklären gemacht. Er spielte jetzt den Fachmann, und wir waren seine Schüler. „Tisch und Bänk müassn sauber g'macht werden, Flaschen und Gläser san zu woschen, das Weingschirr wird herg'richt. Mir habn no zwa Zinnkrüg vom Großvatern her, dö müassn putzt werden, daß wia Silber glänzen. I hilf a mit", berichtete er weiter, „morgen, wann i von der Schul' hamkomm."

„Wo sitzen denn die Leut, wenn's regnet?" fragte ich.

„In aner Stuben neben der Preß. Und in der Einfahrt

Grinzing 1903: Kobenzlgasse 48, Innenhof.

werd'n a Tisch' und Bänk' auf'gstellt, wann's nötig wird. Kommt's jetz ins Haus eini, i werd euch alles zagen."

Im Haus herrschte wegen des morgigen Tages große Geschäftigkeit. Die Schredtin wollte nicht haben, daß die Leute schmutzige Fenster oder einen schmierigen Fußboden vorfanden, wenn sie kamen. Sie rannte mit den Wasserkübeln herum und schalt mit der „Krowotin" (Burgenländerin), daß sie nichts weiterbringe.

„Mir san net bei euch z'haus!" greinte sie, „mir san do in Grinzing, und do muaß die Arbeit flott von der Hand gehn!" Der Hauer war im Keller unten, Wein abziehen. Wir wollten ihm gern dabei zuschauen und stiegen hinunter. Aber er förderte uns rasch wieder an die Oberwelt. „Kommts, gema hutschen!" sagte Franzl. „Bei dem Durcheinander kann ma eh nix Rechts seg'n, und mir stengan nur in Weg."

Da rief aber der Vater seinem Buben vom Keller herauf zu: „Franzl, du muaßt an frischen Buschen holn, der alte is scho dürr. Deine Freund können ja mit dir gehn; machts an Sprung ins Krapfenwaldl aufi.“

Jetzt war's aus mit dem Hutschen. Aber ins Krapfenwaldl um Föhrenzweige gehen, war auch ganz schön. „Also gehts mit?“ fragte Franzl. Freilich wollten wir, und gerne auch noch. Aber Karli fragte vorsichtig: „Kommen wir noch vor dem Finstern zurück?“ Franzl lachte: „Dös is jo gor net weit; glei san ma oben. Und der Föhrabam steht a glei am Anfang vom Wald; do brauchen mir net lang suachen.“

Wir gingen ins Krapfenwaldl, Karli und ich das erstemal ohne Eltern — nur mit dem Franzl. Wir hatten dabei kein reines Gewissen. Mutter hatte uns nachdrücklich ans Herz gelegt, ihr immer zu sagen, wohin wir gingen. Diesmal konnten wir es ihr nicht sagen; wir hatten es ja nicht gewußt. Wir waren im Nu dort und schnitten einen Buschen zusammen, trugen ihn nach Hause, und der Schredt war damit zufrieden. Für Karl und mich war es Zeit zum Heimgehen geworden. Als wir uns von den Schredt-Leuten verabschiedeten, sagte die Frau: „An schönen Gruaß z'haus, und sagts dem Vater und der Mutter, mir werden uns freuen, wenn's einmal bei uns zukehrn.“

Eine tüchtige Wirtin und Geschäftsfrau! Wir versprachen es und machten uns auf den Heimweg. „Sagen wir den Eltern etwas vom Krapfenwaldl?“ fragte ich Karl unterwegs. „Ach, wozu denn“, meinte er, „daß Mutter noch nachher einen Schreck kriegt? Was der Schredt Franzl kann, können wir auch. Aber sie glaubt noch immer, wir sind Stadtfräcke, die man keine Minute allein lassen kann.“

# GRINZINGER SPITZNAMEN

Ich fand mich bei manchen meiner Mitschüler mit den Namen nicht zurecht. Für die Lehrerin hieß ein Bub Ruckenbauer, die Kinder aber nannten ihn „Frackerl“ und seine Schwester „Frackin“. Es waren noch zwei Ruckenbauer in der Klasse: Den einen rief die Lehrerin mit Franz Ruckenbauer, den anderen mit Karl Ruckenbauer auf; da wußte jeder von den beiden, wen es anging. Die Kinder aber sagten zu dem einen „Rochus Franz“, zum anderen „Engländer Karl“.

Wer sollte sich da mit den Namen auskennen? Ich jedenfalls nicht; darum fragte ich meinen Freund Hans Mandl danach: „Sag' mir einmal, Hansl, wieso heißen da bei euch in Grinzing die Buben und Mädchen in der Schul anders als zu Haus oder auf der Gasse?“

Der Mandl Hansl war mein Freund geworden, als mich die Lehrerin neben ihn setzte. Es war ein Platz neben ihm frei geworden, und da hatte die Lehrerin endlich ein Einsehen und setzte mich von den Mädchen weg. Ich war wohl inzwischen mit meinen Nachbarinnen gut ausgekommen, aber bei den Buben saß ich doch lieber. Ich fragte also meinen Freund, wieso manche Kinder zweierlei Namen hätten. Der Hansl wußte es nicht und meinte: „Dös is halt bei uns in Grinzing so, und drunt in Nußdorf und drent in Sievering is es a so. Aber warum s' dö Leut anders ruafen, als sie sich schreiben, waß i net.“ Damit war ich nicht gescheiter als früher. Ich werde meinen Bruder fragen, nahm ich mir vor, ob in seiner Klasse die Kinder auch verschiedene Namen haben. Und ob er weiß, warum das so ist. In der früheren Schule gab's das nicht; da hatte jeder Schüler nur einen Namen wie Karl und ich.

Meinem Bruder war das mit den Namen auch schon aufgefallen. In seiner Klasse hieß ein Bub Hengl, die Kinder aber nannten ihn „Dampferl“. Karl fragte ihn deshalb:

„Warum sagen sie Dampferl zu dir, wo du doch Hengl heißt?“

„Dö sag'n so zu mir, weil's meinen Vater Dampf-Hengl haßen."

„Aber warum sagen sie so zu deinem Vater, er hat ja nichts mit Dampf zu tun. Oder hat er öfters seinen Dampf?"

Da wurde der Bub böse. „Wanst sowas von mein Vater glaubst, dann kannst amol von mir wos erwischen. Mei Vater trinkt nur ein Haustrunk bei der Arbeit, und von dem kriagt man sei Lebtag kein Rausch."

„Na, hast ihn noch nicht gefragt, warum er so bei den Leuten heißt?"

„Freili hob i eam gfragt, und a, ob er kan Zurn kriagt, wenn ma ihn so haßt. ‚Aber na', hot er gsagt, ‚dö Leit manen's jo net bös, wenn's mi so nennen. Sö sagn's, weils so viele Hengl gibt in Grinzing. Wenn's jetzt nur Hengl sagn, weiß man net, wer g'mant is; drum gebn's jeden an Spitznamen dazua. Uns haßen's dö Dampfhenglischen, den Hengl drunt am Jodlzipf nennens ‚Kürassierhengl', weil da Großvater bei dö Kürassier gedient hot. Jetzt gibt's gor kane Kürassier mehr, aber den Hengl haßen's allerweil no so, obwohl er vielleicht bei dö Deutschmeister wor; i waß dös net. Der Hengl in Beethovengang haßt ‚Palaishengl'. Er hat zwar ka Palais dort, aber a recht schönes Häusel; dö Grinzinger nennens witzhalber Palais. Der ‚Christbamhengl' war amol Wirt drobn beim glitzernden Kreuz; vielleicht hot er amol Christbäum verkauft und so sein Nam kriagt. Warums den ‚Mesnerhengl' so haßen, dös versteht si' von allan. Und beim ‚Bachhengl' mit sein Häusl am Bach — jetzt is er eingwölbt — is a net schwer draufz'kommen, warum er so haßt."

Bei den Ruckenbauer konnten wir wenig herausbringen über die Herkunft ihrer Namen. Warum der in der Straßergasse droben „Frackerl" hieß, wußte niemand; er selbst auch nicht. Ebenso war es beim „Rochus" in der Sandgasse. Beim „Engländer" war es so, daß einer von ihnen einmal in englischer Tracht herumgelaufen ist, was ihm den Namen eingebracht haben soll. Der Engländer Karl hat mir nichts Sicheres darüber sagen können. Nicht als Bub und später, als Erwachsener, auch nicht. In den Jahren während des Ersten Weltkrieges, als wir auf die Engländer nicht gut zu sprechen waren, durfte man ihm mit seinem Spitznamen nicht kommen. Aber hernach, im Frieden, hörte er wieder ganz gerne darauf. Der kleine Ruckenbauer in der Sandgasse 12 war ein Bruder des großen Ruckenbauer, der seine „Größe" dem noblen Weinlokal verdankte, das er in der Nußwaldgasse besaß.

Mit der Zeit schienen die Grinzinger Spaß daran gefunden zu haben, ihren Mitmenschen ulkige Spitznamen anzuhängen, so etwa Bakschiserl, Lawara (Laubfrosch), Bischof, Pummer, Schlamperer, Kropftauber, Dreckböhmer, Gager, Pflumpferl und Hollerröhrl ... Sie entstanden aus einem heiteren, übermütigen Erleben beim Wein, und sie wurden von den Betroffenen nicht übelgenommen.

Anfangs war ich doch nicht ganz sicher, ob es nicht wenigstens einen Puff für mich absetzt, wenn ich einen bei seinem Spitznamen anredete. Aber die Kinder hörten darauf wie auf ihre wirklichen Namen. Zuletzt fiel es mir gar nicht mehr ein, etwa den Winter Poldl anders als „Bischof" zu nennen oder den Mayer Franzl „Gager". Einige waren allerdings mit ihren Spitznamen nicht einverstanden; das waren jene, die einen allzu saftigen Beinamen ausgefaßt hatten. Der Name sollte nicht kränken oder verstimmen. Der Betroffene wurde damit nicht angesprochen; man gebrauchte ihn bloß, wenn man von ihm sprach.

Meinen Vater interessierte die Frage, wieso es in Grinzing so viele gleiche Namen gab. Ein Einblick in die Kirchenchronik gab Antwort darauf: Zur Zeit der zweiten Türkenbelagerung war Grinzing — wie viele andere Wiener Vororte — dem Krieg zum Opfer gefallen. Die Häuser waren zerstört, die Weingärten verwüstet, die Menschen vertrieben oder getötet worden. Die herrenlosen Gründe lockten zur Ansiedlung, als wieder friedliche Zeiten kamen. Die Zuzügler kamen aus dem benachbarten Bayernland. Es kamen zumeist Familien mit mehreren Söhnen.

Die Neuansiedlung erforderte viele taugliche Arbeitskräfte. Die Siedler breiteten sich auf dem gesegneten Boden Grinzings rasch aus und gaben dem Ort viele brave Menschen gleichen Namens. Sie gewannen im Lauf der Zeit über die Grenzen der Stadt hinaus guten, vertrauten Klang.

## EINE FAHRT AUF DEN KAHLENBERG

Vater war Staatsbeamter, und er hatte eben eine höhere Stufe in seiner Laufbahn erklommen. Die Eltern freuten sich sehr, und wir Kinder auch. Wir freuten uns aber hauptsächlich über die schöne Uniform, die er sich nun anschaffte. Der Zweispitz aus glänzendem Fell, der zur Beamtenuniform gehörte, imponierte uns mächtig; und auch den Degen mit der goldenen Quaste, den langen Uniformrock mit den goldenen Knöpfen und mit der goldenen Achselspange bewunderten wir sehr. Wir waren stolz auf Vater und wünschten uns, daß ihn recht viele Leute in seiner schönen Uniform sehen mögen. Leider trug er sie nicht ständig, sondern nur zu besonderen Anlässen.

Vater war damals noch recht jung, und er zeigte sich vermutlich ganz gerne in dem schmucken Staatskleid. Es kostete Karl und mir nicht allzu viel Mühe, ihn zu überreden, mit Mutter und uns auszugehen. In Uniform natürlich, und nicht etwa nur um die Häuser herum oder in einsame Gassen, wo einen niemand sah. Nein, es mußte ein ausgiebiger Spaziergang sein! Aber wohin? Das war eine Frage, die gut überlegt sein wollte. Vater war jetzt ein nobler Herr, und da verstand es sich, daß wir dorthin gingen, wo es noble Leute gab. Als wir das einmal festgestellt hatten, war auch bald das richtige Ziel gefunden: Wir gehen auf den Kahlenberg! Besser noch: Wir gehen nach Nußdorf und fahren mit der Zahnradbahn auf den Kahlenberg. Das war ein würdiges Ziel und zugleich auch eine richtige Feier für Vaters Vorrückung.

Eine Fahrt mit der Zahnradbahn war ein Wunsch, den wir Buben schon lang gehegt hatten. Einmal wäre es fast so weit gewesen, aber unsere paar Kreuzer, die wir bei uns hatten, reichten nicht für die Fahrkarte. Wir standen damals bereits in der Station Grinzing. Traurigen Herzens waren wir in der Station zurückgeblieben, der Zug setzte sich ohne uns in Bewegung. Er tat es mit einem Schreckensschrei, wie es uns schien. Vielleicht hatte er Angst vor der großen Steigung ins Krapfenwaldl.

Wir hatten unsere Enttäuschung bald überwunden, aber der Wunsch, einmal mit dieser Bahn zu fahren, blieb in uns zurück. Nun sollte er Wirklichkeit werden, und noch dazu unter einem besonders freudigen Begleitumstand: mit dem Vater in Uniform.

Der ereignisvolle Tag kam heran. Vater war etwas früher als sonst vom Amt nach Hause gekommen. Wir gönnten ihm noch eine kleine Pause zur Mittagsrast und für seine Garderobe. Uns Buben hatte die Mutter schon auf Glanz hergerichtet. Um drei Uhr gingen wir hinunter nach Nußdorf. Wir hätten auch in Grinzing einsteigen können. Aber da hätten wir die Krapfenwaldgasse hinaufgehen müssen, und Mutter war keine Freundin vom Bergaufgehen. Also schritten wir durch die Langackergasse nach Nußdorf. Die Gasse führte damals ihren Namen zurecht: Am Anfang standen wohl ein paar Häuser, dann aber lief sie durch Äcker und Weingärten, eine richtige Landstraße, ungepflegt, staubig, von Wagenrädern zerfurcht. Wir begegneten da kaum einem Menschen, zu meinem und Karlis Leidwesen. Das hatte aber auch sein Gutes: Die Sonne brannte mit aller Kraft auf uns nieder. Sie brachte den armen Vater in seiner dunklen Uniform ausgiebig zum Schwitzen. Weil keine Leute gingen, machte er den obersten Knopf der Uniform auf und lüftete ab und zu den schweren Zweispitz. Der viele Staub auf der Straße war lästig. Wir wirbelten ihn mit jedem Schritt auf, und Vaters dunkle Hose sah schon ganz grau aus. Er wurde ärgerlich und war schon nahe daran, umzukehren. Aber da zeigte sich wieder

In Grinzing verstand man, Feste zu feiern. Die Honoratioren zeigten sich dabei in Bratenrock und Uniform (um 1903).

einmal die Tüchtigkeit unserer Mutter. Sie hatte in kluger Voraussicht ein Reisebürstchen mitgenommen, hatte sie doch ihre Erfahrungen mit uns Buben! Diesmal kamen sie Vater zugute. Als wir in der Kahlenbergergasse auf gepflegtem Gehsteig dahinschritten, putzte sie rasch den Staub von Vaters Hose. Auch einen Lappen brachte sie zum Vorschein, mit dem wir unsere Schuhe blank machten. Jetzt konnten wir uns beruhigt unter den noblen Leuten sehen lassen, die im Bahnhof auf die Abfahrt des Zuges warteten.

Es dauerte eine Weile, weil der Gegenzug abgewartet werden mußte. Er war schon unterwegs; man sah den Rauch über den Waldbäumen aufsteigen. Ab und zu stieß die Maschine einen scharfen Pfiff aus. Das hieß wohl: Wartet nur noch ein wenig, ich komme ja schon! Schneller geht's leider nicht!

„Hinunter könnte der Zug eigentlich viel schneller fahren", meinte ich. „Da braucht er kein Zahnrad und kann seine Räder laufen lassen."

„Was meinst du, was da geschähe?" fragte Karl. „Schau doch, wie die Maschine bucklig daherkommt; die Vorderräder sind viel niedriger als die Hinterräder. Wenn sie schneller fährt, macht sie einen Purzelbaum. Darum muß sie auch bergab mit dem Zahnrad fahren."

Der Zug kam recht seltsam daher. Schnaufend und spuckend schob die kleine, mißgestaltete Maschine die Waggons vor sich her. Oben auf dem Dach des vorderen Wagens saß ein Mann auf einem Bänkchen, schaute auf die Zahnradschiene hinunter und paßte auf, daß das Zahnrad immer seine richtigen Löcher fand, nicht etwa ein Stein den Weg versperrte. Ein komischer Anblick, wie die Maschine daherkam! Vater lächelte und meinte: „Wie ein Känguruh." Der Mutter aber tat die arme kleine Maschine leid. „Schaut, wie sie sich plagt!" sagte sie, „sie ist ein kleines, braves Ding, das seine Arbeit gewissenhaft tut; spottet nicht!"

Endlich fuhren wir los. Es klapperte seltsam, wenn das Zahnrad die Zähne in seine Schiene schlug, die als breiter, löcheriger Eisenstrang in der Mitte des Gleises dahinlief. Es nahm gewissenhaft Loch für Loch und übersprang nicht eines. Dadurch ging es nur langsam vorwärts, aber wir kamen doch weiter und hatten Zeit, die Gegend zu betrachten. Anfangs verdeckte der Nußberg mit seinen ausgedehnten Rebenhängen die Aussicht. Von der Station Grinzing an aber wurde die Fahrt schön. Unser Ziel, der Kahlenberg mit dem Kirchlein und den schmucken Häusern auf seinem Rücken, lag breit und einladend vor uns. Die Fahrgäste bewunderten ihn gebührend und in allerlei Sprachen. Uns war der Anblick nicht neu. Wir kannten schon unseren Berg und seine Schönheit, und wir nahmen die Bewunderung der Leute mit Stolz entgegen, als ob sie uns gespendet worden wäre.

Von Grinzing aus begann das Bergsteigen für unseren armen Zug erst richtig. Er zog sich wie auf einer schräggestellten Leiter-

keuchend den Hang hinauf zum Krapfenwaldl. Dort stiegen einige Fahrgäste aus: Denen war es um das bekannt gute Grinzinger Bier zu tun, das man da im schattigen Waldgarten ausschenkte. Hier ließ es sich auch bei Wein oder Kaffee recht angenehm sitzen, bis der Gegenzug kam und die Leute wieder heim in ihre Stadt brachte.

Weiterfahrend, tauchte der Zug in den dichten Wald ein. Wie ein Dieb schlich er sich ungesehen zwischen den hohen Bäumen an den Berg heran, immer höher und höher, krabbelte über Brücken und durch Engpässe und erreichte endlich mit einem befreienden Pfiff den Bergkamm. Von da an hatte er leichtes Spiel; wie ein stolzer Sieger dampfte er in die Bergstation ein und hielt inmitten der Schar bewundernder Ausflügler. Die Fremden drängten gleich zur Warte hin, die sich neben dem Bahnhof erhob, um die prächtige Aussicht auf die Wienerstadt und den Wienerwald mit seinen Bergen zu genießen. Uns Buben reizte die Aussicht in die Ferne viel weniger als der Blick auf die Ringelspiele, Schießstätten und Schaubuden aller Art, die es hier rings um den Bahnhof gab. Es war ein Volksprater im kleinen, und die Eltern hatten Mühe, uns beizeiten von hier wegzubringen.

Unser Ziel war das Hotel-Restaurant Kahlenberg, das sich den besten Platz am unbewaldeten Bergrücken ausgesucht hatte. Mit seinen Veranden und Gartenanlagen bot und bietet es seinen Gästen neben erlesenen Speisen und Getränken einen überwältigenden Blick in die Ferne, der an klaren Tagen bis zu den Alpenbergen reicht. Nun saßen wir inmitten eines vornehmen Publikums im Garten, tranken Schokolade und aßen Kuchen dazu, eine für uns nicht alltägliche Jause. Wir schauten erwartungsvoll in die Runde. Fand Vater die erhoffte Bewunderung in seinem stolzen Habit? Nun ja, man hörte genug bewundernde Ausrufe, bemerkte begeisterte Blicke und sah Leute mit frohen, heiteren Gesichtern. Aber für Vaters schöne Uniform hatten sie keine Augen. Der Mann in seinem funkelnagelneuen Beamtenkleid fiel ihnen nicht auf. Das enttäuschte uns Kinder sehr. Aber wie sollte Vater auch auffallen? Es saßen eine Menge Herren in glänzenden Uniformen im Garten, und Frauen in Schmuck und kostbaren Kleidern. Vater war nicht enttäuscht oder traurig, Mutter auch nicht. Da trösteten wir uns auch rasch wieder. Aber wir zwei fühlten uns jetzt gar nicht mehr recht wohl unter den vornehmen Leuten, die uns so ganz übersahen. Wir wollten ein wenig herumstreifen, und die Eltern erlaubten es. „Geht aber nicht zu weit weg!" sorgte sich die Mutter.

Es zog uns zum Wurstelprater zurück, droben bei der Bahnstation, aber das war doch zu weit. Also suchten wir ein stilles Plätzchen außerhalb des Gartens und setzten uns hin. Ein Stück hangabwärts stand eine Hütte, die unsere Aufmerksamkeit erregte. Sie war aus Holz, grün gestrichen und hatte ein Türmchen mitten auf dem Dach, das sich nach allen Seiten hin drehte. Das Häuschen stand auf einem freien Rasenfleck einsam da. Aber es mußte jemand drinnen sein, der das Türmchen bewegte. Es ließ uns keine Ruhe; wir gingen hin, um das seltsame Ding aus der Nähe zu betrachten. Nach der Stadtseite lag eine Tür, und darüber stand in roten Buchstaben: CAMERA OBSCURA. Wir schauten uns fragend an. Da öffnete sich die Tür, und ein alter Mann mit langem Bart trat heraus. Das war ganz so wie im Märchen, und uns war etwas unheimlich zumute. Camera obscura? Was konnte das nur sein? Und der alte Mann dazu? Er lächelte uns freundlich an und sagte: „Was ihr da seht, ist eine Zauberhütte, die alles zeigt, was rundum geschieht. Ihr seid mit euren Eltern hier, nicht wahr? Und die sitzen im Gasthausgarten und essen ihre Jause; ist es nicht so?" Wir nickten erstaunt. „Kommt herein, ich werde sie euch zeigen!" sagte er. Unsere Eltern wollten wir da gerne sehen und traten ein. In der Mitte der Hütte stand ein runder Tisch, die Platte war mit weißem Tuch bespannt und konnte nach allen Seiten hin geneigt werden. Darüber stand das Türmchen, und darin waren Spiegel, die sich ebenfalls nach Belieben drehen und wenden ließen. „Also", sagte der Mann, „jetzt suche ich eure Eltern. Paßt gut auf und schaut auf den Tisch, und wenn ihr sie seht, dann sagt es mir!“ Er griff nach einer Schnur, mit der er die Spiegel drehen konnte. Die warfen das Bild der Leute auf den Tisch, die im Gasthaus waren, Kaffee tranken, plauderten. Auf einmal erschienen die Eltern im Bild. Das sah wie Zauberei aus: Vater und Mutter saßen ahnungslos an ihrem Tisch, und wir konnten sie vom Zauberhüttchen aus beobachten. Lächelnd betrachtete der Mann unsere erstaunten Gesichter: „Nun, was sagt ihr, ist das nicht wunderbar?“ fragte er. „Ich könnte euch noch viel mehr zeigen, aber da müßt ihr vorerst zu euren Eltern gehen und euch Geld holen. Zehn Heller kostet es für jeden.“ Damit hatte er den Zauber gebrochen. Er merkte das und sagte: „Wißt ihr, ohne Geld kann ich das nicht machen; ich brauche es, damit ich leben kann.“ Das verstanden wir.

Wir liefen zu den Eltern und erzählten ihnen vom Zauberer und vom Geld, das er von uns verlangte. „Nun, wir gehen ohnedies schon“, sagte Vater. „Machen wir einen Sprung zum Zauberer.“

Der war beglückt, als da vier Personen an seine Hütte herankamen. Eilfertig rückte er sein Tischchen zurecht, richtete die Spiegel, und nun zeigten sich auf dem kleinen weißen Rund Bäume, Wiesen, Häuser und Menschen, die kamen und gingen. Auch die Eltern staunten über dieses Wundertischchen, das die Gegend im weiten Umkreis zeigte, und Vater zahlte gerne die vierzig Heller.

Aber nun mußten wir uns zum Zug beeilen. Diesmal fuhren wir nur bis zur Station Grinzing. Von dort führte der Heimweg zu Mutters Zufriedenheit durchwegs bergab, und wir waren im Nu zu Hause.

Mein Freund, der Mandl Hans, und ich hatten uns in der Schule ausgemacht, am Nachmittag eine Presse zu bauen. Das konnte nicht zu schwer sein, meinten wir. Nur die Spindel machte uns Sorge; die konnten wir uns nicht selber bauen! Die Spindel bei einer Weinpresse ist die Holzschraube, mittels der man den Preßbaum heben oder senken kann. Der Winter Poldl hatte uns zugehört und sagte: „I hob daham a Spindel; kumts aner aufi zu mir am Nachmittag, i' lei' euchs."

Darüber waren wir sehr froh, der Hans und ich. Am Nachmittag ging ich zu ihm hinauf ins Oberörtl. Poldl stand vor dem Haustor, als ich kam, und aß Weintrauben: „Da, kost amal!" sagte er, und gab mir ein paar Perlen. „Na, was sagst?" fragte er, „san dö net scho schön zeitig?"

„Ja, die sind schon zeitig", sagte ich kostend. „Sind die von eurem Weingarten?"

„Freili, manst, i hab's von Greißler?"

Er schmauste eifrig weiter, und weil es ihm so gut schmeckte, stimmte er ein Loblied auf den Herbst an, der ihm diesen Genuß verschaffte. „I man, der Herbst ist dö schönste Jahreszeit vom ganzen Jahr", sagte er; „manst net a?"

Ich aß wohl Trauben auch recht gern, auch Zwetschken und Äpfel. Aber deswegen war mir der Herbst noch lange nicht die liebste Jahreszeit. Die war für mich der Winter. Da konnte ich Schlitten fahren und Schneeball werfen, und vor allem: im Winter kam das Christkind. Das sagte ich dem Poldl, und der meinte wegwerfend: „Geh, weg'n dem Christkindl. Wir warten net so lang. Bei uns ist dös Christkindl schon im Herbst, glei nach der Les'. Wir hab'n an bekannten Wirt, dem verkauft der Vater einen Teil vom Most, und dafür kriagt er a Masse Göld. Und wann er dös hat, dann is' bei uns Christkindl. Und waßt, was i alles kriag?" In zap-

Alte Weinbauernhäuser in der Kobenzlgasse (1903).

pelnder Freude schrie er es mir zu: „Natürlich Schuach, Strümpf und a Gwand; dös kriagn ma allweil. Aber heuer kriag i no an grean Huat mit an echten Gamsbart drauf und an Stecken mit an Rehkruck als Griff. Dös hat mir da Vater alles versprochen. Freili', die Les' muaß guat ausfalln. Manst, daß ma heuer a guate Les' kriagn?" Er war doch ein wenig unsicher.

Und ebenso unsicher waren auch die Großen, obwohl die Gärten in reichster Frucht standen. Aber es war erst Ende September, und die Ernte war noch nicht herinnen. Es war schon oft vorgekommen, daß im letzten Augenblick ein Unheil daherkam. Meist war's das Wetter, das im Nu die schönsten Hoffnungen verdarb. Ein Hagel ist schnell da, und was der knapp vor der Lesezeit im Weingarten anrichten kann, muß man erlebt haben, um den Schaden zu ermessen. Man braucht dann nicht mehr zu lesen; die Trauben liegen zerfetzt und zerschlagen auf dem Boden. Neben der Freude am Erntesegen steht immer auch die Furcht vor Unheil. Sorgenvoll schaut drum der Hauer nach den Bergen hin, wenn sich verdächtige Wolken zeigen. Und froh ist er über jeden Tag, an dem die Sonne richtig herauskommt. Sie soll auf die Trauben ordentlich herunterbrennen und den Wein aufkochen. Aber kurz vor der Lese soll's einige Male tüchtig regnen, damit sich die Kerndln ansaufen und recht viel Most geben.

Auch das Traubenstehlen macht den Hauern Sorge, wenn die Perlen weich und süß werden. Ganze Schwärme von Leuten kommen ins Weingebiet, stehlen Trauben und beschädigen dabei die Weinstöcke. Ohne Weinhüter sähe es da schlecht aus mit der Lese. Aber die stehen auf ihrem Platz, wenn es so weit ist, und es sind zünftige Burschen. Wenn die mit ihrem Ochsenziemer und mit dem Kuhhörndel daherkommen, dann nehmen die Diebe schnell Reißaus. Sie wissen, daß mit denen nicht zu spaßen ist. Schon der Ruf aus dem Kuhhorn jagt ihnen Schrecken ein, und sie lassen ihre Finger von den Trauben, auch wenn sie noch so verlockend herschauen und der Hüter noch weit weg auf dem Berg steht.

Mitte Oktober begann die Lese. Der Köttner hatte einen Mitterberg, einen Weingarten, der vom Schreiberbach bis zur Kahlenbergerstraße reichte. Dort waren Karli und ich das erstemal bei der Lese. Karl hatte einen Taschenfeitel mit, schnitt fleißig Trauben und sammelte sie in sein Büttel. Mir hatte man kein Messer anvertraut; ich stand bei meinem Bruder und schaute ihm zu. Ich hatte gute Augen und stöberte so manche versteckte Traube auf. Wenn ich ihm eine zeigte, die er übersehen hatte, ließ er sie mich abschneiden. Das war dann meine Traube, und ich aß sie befriedigt auf. Das geschah recht oft, und außerdem griff ich recht herzhaft in Karls Büttel. Da kam es nun, wie es kommen mußte. Ich war der erste, bei dem es im Magen zu rumoren anfing. Karli lachte, als ich es ihm sagte. Dann meinte er: „Da ist nichts dabei; lauf in den Steinriegel hinüber und setz dich in das Buschwerk!“ Das tat ich ungesäumt, und als ich zurückkam, war es bei Karli so weit. Die Köttnerin, die in der „Greften“ (Stockreihe) neben uns arbeitete, hatte unsere Leiden bemerkt. „Meine liaben Buam“, sagte sie lachend, „dös hab i' bei euch zwa kumma g'sehgn. Aber i wollt euch vom Essen net z'ruckhalten, sonst hätts eppa gmant, i gönns euch net. Aber tröst euch, es geht allen so, wann's des erstemal auf d'Les gengan. Niemand kann gnua kriagn, und dann is der Teifi los. I sag enk was, da Lois führt jetzt dö vollen Butten mit dem Wagen ham. Hocks enk hint' drauf und fahrts mit. Es wird am besten sei, denn mit amal rennen is net tan, es werds no öfter rennen müassen.“

Das war ein guter Rat: essen konnten wir ohnedies nichts mehr, und das Traubenschneiden allein reizte uns nicht. So fuhren wir denn mit dem Lois nach Hause. Es ging sich eben noch mit der Fahrt aus. Zu Hause gab mir Karl großmütig den Vorrang, weil ich der Jüngere war; aber ich mußte versprechen, mich ja zu beeilen. Die Eltern saßen bei Tisch im Hof vor der Wohnung. Vor ihnen stand eine Riesenschüssel mit Weintrauben. „Da schaut her!“ sagte der Vater und wies auf die Schüssel hin, als wir abgekämpft bei Tisch erschienen, „das hättet ihr einfacher haben können.“ Mutter lächelte, als wir so kleinlaut dastanden, und meinte: „Sie wollten halt einmal bei einer Lese sein.“ Sie ging in die Wohnung und kam nach einer Weile mit zwei Wurstbroten heraus. „Da eßt!“ sagte sie, „es wird euch gut tun.“ Jetzt essen? Wir schauten mit Widerwillen auf die Brote hin; aber Mutter wußte schon, was sie tat. „Versucht nur, nach ein paar Bissen wird es euch ganz gut schmecken.“ Wir griffen zu und begannen unlustig zu essen, aber nach einer Weile schmeckte es uns wirklich, und wir hieben wacker ein. „Seht ihr!“ sagte die Mutter, „der Magen weiß recht gut, was er braucht, und nach einer Weile werdet ihr euch wieder pumperlgesund fühlen.“ Und so war es auch.

Im Hof roch es nach Most; nebenan in der Presse wurde gearbeitet. Der Geruch machte uns noch übler, als uns schon war. Aber nachdem wir unsere Brote verzehrt hatten, konnten wir ihn schon wieder ertragen. Berta und Wetti holten uns zur Presse. „Kummts!“ drängten sie, „a neucher Stock wird aufgstellt, und nocha lassen’s den Preßbaum obi. Wir ham den größten und schwersten Preßbaum von Grinzing.“

Wir gingen zur Presse. Auf der „Bird“ (Preßboden) stand der „Weinzettel“, der alte Straßer, und führte das Kommando. Zuerst wurden die vollen Butten in einen Bottich geleert. Dabei ging man nichts weniger als sorgsam mit den Trauben um. Der Loisl hatte einen Stössel in der Hand und stampfte die schönen Früchte unbarmherzig zusammen.

„Warum macht er das?“ fragte ich unwillig, denn die schönen Trauben taten mir leid.

„Daß recht vüll Weinber in Botting einigengan“, erklärte die Wetti, die neben mir stand. „Die Leut’ draußt im Weingarten brauchen die Butten; drum müassens schnell leer werden. Die Weinber werden eh preßt, do schads nix, wanns ender zsammg’matschkert werdn.“

Nun wurde ein hoher Lattenkorb auf die „Bird“ gestellt, den schaufelten die Männer mit den gemaischten Trauben voll. Ein hölzerner Deckel wurde auf die Maische gesetzt, darauf wurden einige Lagen von Klötzen aufgebaut. Schön sorgsam mußten sie aufgebaut werden, „sonst rutscht uns dös Zeug davon, wenns den Preßbam obilaßts!“ warnte der „Weinzettel“.

„Guat is, jetzt laßts den Bam obi, aber vursichtig und langsam!“ Der Baum senkte sich, setzte auf die Klötze auf und drückte den Deckel zwischen die Latten hinein. Ruck! ruck! gings; der Traubenberg wurde zusehends niedriger, und der braune Traubensaft spritzte zwischen den Latten heraus. Die „Bird“ neigte sich nach vorne, der Saft rann in die

GRINZINGER ALLEE. Aquarell von Ferdinand Weckbrodt.

Rinne. Alles lief wie auf dem Schnürl, jeder Griff saß. Die Leute machten es so, wie sie es bei ihren Vätern gesehen und gelernt hatten. Und die hatten es auch wieder von ihren Vorfahren ganz genauso übernommen.

Auf dem Preßbaum war die Jahreszahl 1718 eingeschnitten. Wie vielen Trauben mochte dieser Baum schon ihren köstlichen Saft ausgepreßt haben! Es dauerte nicht allzu lange, da versiegten die Bächlein, die zwischen den Latten hervorgesprungen waren. Da wurde der Baum angehoben, weitere Hölzer wurden auf den Deckel aufgebaut. Wieder kam der Preßbaum darauf, aber diesmal wurde der schwere Preßstein an sein Ende gehängt. Das vervielfachte den Druck, und die Bächlein sprudelten von neuem. „Feierabend für heut!" sagte der „Weinzettel" nun. „Wir lassn eam jetzt allan arbeiten über Nacht. Morgen früh machen ma dann an neuen Stock. Habs fleißig trunk'n, Kinder?" fragte er uns. Nun, gekostet hatten wir schon, aber richtig trinken hatten wir uns nicht getraut. Wir hatten noch zu frisch in Erinnerung, was der Traubensaft alles imstand ist . . .

## WIR ZIEHEN INS OBERÖRTL

„Ich weiß nicht, was der Köttner hat", sagte der Vater eines Tages zur Mutter, als er nach Hause kam. „Mir kommt vor, daß er mir ausweicht. Als ich ihn jetzt beim Nachhausekommen grüßte, tat er so fremd und seltsam und ging gleich in seine Wohnung. Sonst konnte man nicht an ihm vorbeikommen, ohne daß er seine Späße machte. Hast du vielleicht Streit mit ihm gehabt?"

„Nein, aber ich habe auch bemerkt, daß er anders ist als sonst, zurückhaltend, fast unfreundlich."

„Weiß Gott, was mit ihm los ist", meinte Vater und setzte sich zum Essen. Nachdenklich löffelte er seine Suppe. Er war mit seinen Gedanken nicht da. Der Köttner ging ihm, wie es schien, im Kopf herum, und er bemerkte es kaum, als ihm Mutter sein Leibgericht hinstellte, das er sonst immer mit einem begeisterten Augenaufschlag begrüßte. Daß er es diesmal nicht tat, ärgerte Mutter.

„Da plagt man sich mit dem Einkaufen und Kochen", klagte sie, „und dann muß man sehen, daß der Mann nicht einmal merkt, was er ißt. Ich werde es mir künftig einfacher und leichter machen."

Da hatte es Vater nun! Nicht nur, daß er sich des Köttners wegen Sorgen machte, nun gab es noch Verdruß mit der Mutter. Aber dazu wollte er es nicht kommen lassen. Sie hatte ja recht; sie hatte sich Mühe gemacht und sich ehrlich verdient, daß man ihr ein paar nette Worte sagte. Vater beließ es nicht bloß bei diesen Gedanken, sondern tätschelte sie beschwichtigend auf die Hand und versicherte ihr, wie gut es ihm schmeckte.

„Das war wieder ein feines Papperl!" sagte er und griff nach seiner Pfeife. Kaum aber hatte er sie so richtig zum Qualmen gebracht, klopfte es an der Tür und — der Köttner trat ein. Wirklich, er hatte ein anderes Gesicht als sonst; keine Spur von dem offenen, gemütlichen Lächeln, das man bei ihm gewöhnt war. Wortlos nahm er Platz, schluckte ein paarmal, dann brach es aus ihm heraus: „Hol's der Teifi, aber jetzt muaß i euch endli' sagn, was i scho a paar Tag mit mir umananderschlepp. Ös werd's mir's eh scho ankennt habn, daß mi was druckt. Daß i mit an Gsicht umananderrenn, als ob mi aner ghaut hätt. Na, hobt's nix gmerkt?"

„Grad hab ich davon geredet", sagte der Vater. „Und wir haben uns den Kopf darüber zerbrochen, was der Köttner auf einmal gegen uns hat."

„Gar nix hob i gegen euch!" schrie der Hausherr, „aber druckt hat's mi, weil i euch was Schiachs antuan muaß." Er holte tief Atem, und dann stieß er heraus: „Ausziagn müaßts! I brauch dö Wohnung zum Ausstecken. Wia i a hin und her überlegt hob, es gibt kan andern Ausweg. I hab nirgends anderswo an Platz. Und dös tuat ma weh. Wir hob'n uns allerweil guat verstanden, und i hob euch gern ghabt. Aber was sein muaß, muaß sein. Und jetzt hob i's endlich heraußt. Was sagts jetzt ös dazua? Seids wohl recht harb auf mi, net?" Das hatten sich die Eltern nicht erwartet, und sie schauten sich betroffen an. Endlich sagte Mutter, die sich als erste zurechtfand: „Wir sind nicht bös auf Sie, Herr Köttner, aber glücklich sind wir nicht über die Kündigung. Wir haben uns in Ihrem Haus recht wohl gefühlt die Jahre her und haben mit einem Ausziehen nicht gerechnet. Außerdem wird es nicht leicht sein, in Grinzing eine passende Wohnung zu finden. Und in Grinzing wollen wir bleiben."

„In dem Punkt brauchts euch keine Sorgen machn", versetzte der Hausherr schnell, „da hob i scho' vorbaut. Wia gsagt, i hab euch gern, und da hab i mir denkt, vom Haus müassns leider weg, aber in Grinzing sollns bleiben. Und i' hab' mit mein' Freund, dem Mandl Hans, darüber gredt, und der nimmt euch gern in sein Haus in der Kobenzlgasse 40. Dort hat er zwa schöne Wohnungen frei, und ös könnts euch ane aussuachn. I hab jetzt grod nix anders z'tuan; wenns wollts, geh i glei mit enk aufi. Schauts enk dö Wohnungen an und suachts enk ane aus. Ös werds sehn, es is a nett's Häusel, dös frühere Burgermastahaus. Jetzt wohnt nur der Hausmasta drin und die Nettlmam, a alts Muatterl. Sonst hobts dös ganze Haus für enk allan. Na wollts, gema glei aufi?"

Vater besann sich eine Weile, dann meinte er: „Die Kündigung ist ein bisserl überraschend für uns gekommen, gelt?" wandte er sich an die Mutter, „und wir brauchen einige Zeit, bis wir uns mit dem Gedanken vertraut machen. Bös sind wir auf keinen Fall auf Sie, Herr Köttner. Sie waren uns immer ein netter Freund und Hausherr, und ihre Frau war auch immer recht lieb zu uns. Aber darum wird es uns auch nicht leicht, von da auszuziehen. Sagen wir morgen nachmittag, wenn's Ihnen paßt, gehen wir miteinander die Wohnung anschauen."

Karl und ich waren die ganze Zeit mit am Tisch gesessen und

hatten das Gespräch zwischen dem Hausherrn und den Eltern mit angehört. Als der Hausherr fortging, schauten wir gespannt auf die ernsten Gesichter der Eltern. Sie sprachen nicht viel; Mutter ging in die Küche, und Vater machte sich an seinem Schreibtisch zu schaffen. Jedes wollte, wie es schien, selbst mit sich ins Reine kommen. Wir Buben saßen nun allein im Zimmer und grübelten dem Gehörten nach. Ins Oberörtl sollten wir ziehen! Wir hatten ein paar gute Freunde dort; das wäre ein Grund, sich zu freuen. Aber von hier wegziehen? Hier war immer etwas los für uns Buben: mit den Pferden und Kühen, mit dem Fuhrwerk und mit dem Heurigenbetrieb. Nicht zuletzt aber mit unseren Hasen. Ja, wir hatten nach langem Bitten Hasen, Karnickel, bekommen. Schließlich wollten wir nicht immer nur Zuschauer sein, sondern selbst Tiere halten und pflegen. Wir hatten belgische Riesen, und unser Liebling, der Heini, war wirklich ein Riese und war uns fest ans Herz gewachsen. Von dem konnten wir uns auf keinen Fall trennen. Das war nun unsere größte Sorge. Wir fragten beim Abendtisch: „Und unsere Hasen, dürfen wir sie mitnehmen?“ Die Eltern hatten andere Dinge im Kopf als unsere Hasen, und Vater winkte ärgerlich ab. Er wurde aber doch wieder freundlich, als er unsere bekümmerten Mienen sah. „Wir werden sehen“, sagte er, „ob wir dafür im anderen Haus Platz finden. Wenn ja, dann nehmen wir sie mit, wenn nicht, dann müssen wir sie verkaufen oder verschenken.“ Tags darauf gingen wir allesamt mit dem Hausherrn die Wohnung anschauen. Der Pfarrplatz, über den wir gingen, war voll von Kindern, die hier spielten und herumtollten. Alle Buben und Mädchen des Oberörtls schienen hier versammelt zu sein. Das waren verlockende Aussichten für Karl und mich; hier hätten wir eine Menge Spielgenossen. In der Grinzinger Straße hatten wir so gut wie keine. Da hatten wir Pferde und Kühe, die uns beschäftigten, aber Kinder zum Spielen fanden wir selten. Wenn wir erst da heroben wohnten, würde es uns an Spielgenossen nicht mangeln, dachten wir, schon halb fürs Oberörtl gewonnen. Wir kamen zum Haus

Grinzinger Feuerwehrfest, 1. Juni 1907.

Kobenzlgasse 40, traten durchs Tor in eine lange Einfahrt und standen im Hof. Wie ruhig er dalag! Beinahe langweilig — im Vergleich zum Köttnerhof, auf dem immer etwas los war. Wir musterten die Fensterreihen, die zu beiden Seiten bis zum Garten reichten. Links wohnten Leute: der Hausmeister, anschließend eine alte Frau, die Nettlmam. Rechts schloß an die leeren Wohnräume das leere Preßhaus an. Über der Eingangstür und über den Fenstern hing an eisernen Haken eine lange Leiter, darüber ein Feuerhaken an langem Stiel, an dem einige Wasserkübel hingen. Leiter, Feuerhaken und Kübel seien Feuerwehrgeräte, erklärte uns Herr Mandl auf unsere Frage. Sie wurden einst verwendet und mußten in jedem Grinzinger Haus vorhanden sein. So schrieb es die Feuerordnung vor, früher einmal. „Jetzt aber haben wir eine moderne Feuerwehr", sagte der Mann stolz. „Aber wir lassen das alte Zeug hängen zur Erinnerung daran, wie es früher war."

Wir lächelten über das alte Zeug. Jetzt war das freilich anders mit dem Feuerlöschen. Als vor einiger Zeit ein Stadl brannte, da fuhr die Feuerwehr mit ihrer Spritze vor. Vier Mann stellten sich an die Handgriffe und pumpten, was das Zeug hielt. Der Strahl reichte bis zum Dach und noch darüber hinaus. Im Nu war das Feuer gelöscht. Wie würden doch die alten Grinzinger schauen, wenn sie so etwas sehen könnten! Stolz dachten wir es. Aber nun sorgten wir uns um die Hasen. Um die Wohnung, die wir beziehen sollten, kümmerten wir Buben uns nicht, das sollten die Eltern machen. Wir stöberten in Haus und Hof herum. Im Hof war kein Platz für die Hasenställe, das sahen wir schon. Überall gab es Fenster, unter die durften wir die Ställe nicht aufbauen; auch war der Hof recht schmal. Es blieb nur noch der Garten, und wir stiegen die Stufen hinauf, um da unser Glück zu suchen. War das ein Garten! Kein Ziergarten mit Blumenbeeten und Kieswegen; ein echter Spielgarten, in dem man sich richtig bewegen konnte: mit Bäumen zum Klettern, Buschwerk zum Herumkriechen und zum Verstecken, mit Rasenflecken zum Balgen. Dazu noch ein Gerüst für Schaukel und Turngeräte. Uns blieb die Sprache weg vor Begeisterung. Hier ließ es sich leben! Und die Hasen? Es gab drei „Salettln“ im Garten: eins am oberen Ende, eins in der Mitte und eins im unteren Garten. Im mittleren konnten wir unsere Karnickel gut unterbringen. Es war ein richtiges kleines Häuschen, mit Tür und Fenster und mit geschlossenen Wänden. Hier waren die Tiere vor Wind und Wetter geschützt, und stehlen konnte man sie auch nicht so leicht; die Tür hatte ein gutes Schloß. Diese Sorge waren wir also los.

Und was uns der Garten sonst noch bieten konnte? Wir erkannten erst nach und nach die Fülle der Bubenfreuden, die sich uns da darboten, als wir den bergigen Gartenweg bis ans Ende gingen. Das Salettl, das dort stand, von dem man weit hinaus ins Weinland und in die Berge sehen konnte, war die richtige Räuberburg für uns, in der sich trefflich hausen ließ. Über all die Herrlichkeiten, die sich boten, vergaßen wir ganz die vielen Obstbäume: Zwetschken-, Apfel-, Birn-, Nußbäume standen da und verhießen uns Freuden. Der Hausherr war nicht knauserig, als im Herbst alles reifte: er überließ uns einen Anteil an dem reichen Obstsegen. Wir kamen voll Freude vom Garten herunter. Ob den Eltern die Wohnung gefiele und ob sie sie mieten würden? Das war jetzt die Frage, die in uns brannte. Vater und Mutter schienen dazu bereit zu sein. „Wie sieht der Garten aus?“ fragten sie. Da sprudelten wir unsere Begeisterung nur so heraus und baten zuletzt: „Kommt doch selbst und schaut euch den Garten an.“ Wir gingen nun allesamt hinauf. Karl und ich hatten nicht nötig, auf die Annehmlichkeiten hinzuweisen, die sich hier auch für Erwachsene darboten: die schattigen Plätze unter den wundervollen Riesenlinden, das genußvolle Verweilen im geschützten Gartenhäuschen, die friedliche Stille und Abgeschlossenheit. Die Eltern mieteten die Wohnung, und damit wurden wir Oberörtler.

## WIE SCHÖN IST ES IM OBERÖRTL

Es gefiel uns von Tag zu Tag besser im Oberörtl, mir und Karl. Wir sagten das auch den Unterörtlern frei heraus, und die meinten, wir wären gemeine Kerle, die zum Feind hielten. Die „Feinde“ waren natürlich die Oberörtler. Die wieder gaben uns recht und schlossen mit uns Freundschaft. Auch durften wir gleich mit ihnen auf dem Pfarrplatz spielen.

Als wir ins Oberörtl kamen, war das Wolferltreiben auf dem Platz Mode. Der Haller Karl war der erste, der damit gekommen war. Er war auch der beste Treiber, obwohl er nur ein zerschrundetes Wolferl besaß. Aber er hatte die richtige Peitsche dazu, und darauf kam es an. Und da war wieder die Schnur am wichtigsten. Sie mußte die richtige Stärke haben, nicht zu dünn und nicht zu dick sein. Dann legte sie sich richtig beim Schlagen um den Kreisel und brachte ihn wieder in Schwung, wenn er zu taumeln anfing. Freilich war auch der Schlag wichtig. Wenn er nicht richtig gezielt war, purzelte das Wolferl davon, statt daß es sich drehte. Schön in der Mitte mußte man es mit dem Schnurende erwischen, dann flog es gleich ein paar Meter durch die Luft und drehte sich auf dem Boden weiter. Aber das war höchste Kunst, die nicht jeder zustandebrachte. Daran wagten wir uns als Anfänger nicht. Wir waren froh, wenn wir den Kreisel überhaupt zum Drehen bringen konnten. Nach ein paar Tagen eifrigen Übens gelang es uns auch. Daran hatte der Winter Poldl gewichtigen Anteil, indem er uns sein letztes Geheimnis preisgab: „Ös müaßts in die Spitzn vom Wolferl an Schuchnagel mit an Kappl einschlagen, dann werds seh'n, wia sie draht. Freili ganz grad müßts eam einschlagn, sonst pfeift enk des Wolferl was und draht si." Wir schlugen den Nagel in die Spitze ein, und der Bann war gebrochen: unsere Wolferln drehten sich ebensogut wie die andern Wolferln auf dem Pfarrplatz.

So rasch das Wolferltreiben aufgekommen war, so rasch war es damit zu Ende. Eines Tages begann einer mit dem „Tegelstucken" auf dem Platz. Am Anfang hatte er nur eifrige Zuschauer, aber am nächsten und an den folgenden Tagen gab es schon Tegelstucker in Menge. Die größte Schwierigkeit war, das nötige Material, den „Lahm", zu bekommen. Den richtigen Lehm, denn jeder taugte nicht dazu. Beim Brunnengraben war man auf eine Tegelschicht gestoßen, und er hatten den Anlaß für das neue Spiel gegeben. Zunächst formte man Kugeln aus dem Material und patschte sie an die Hausmauer. Das ging so lang, bis die Hausväter mit dem Stock herauskamen und die Werfer vertrieben. Dann aber fand man einen besseren Weg für die Verwertung des kostbaren Materials: man klebte einen Patzen Lehm ans Ende einer Rute und schleuderte ihn mit Schwung in die Luft oder dorthin, wohin er eben fliegen wollte. Im Nu war das Spiel eingeführt, und es gab nur noch die eine Beschäftigung für die Buben: Tegelstucken. Auch Karli und ich taten mit. Mein Eifer ließ allerdings bald nach. Meine „Patzeln“ glitten kaum über die Hausdächer, während die der Großen schier bis zum Himmel flogen. Zu meiner Befriedigung wurde das Tagelstucken im Dorf sehr bald verboten, als etliche Fensterscheiben in Scherben gegangen waren.

Das Glück ist rund und rollt rasch davon. Das merkten wir Buben beim Kugelscheiben, besonders beim „Anmäuerln“. Da hatte man einmal einen glücklichen Tag, an dem alles gelang. Die Kugel sprang von der Hausmauer ab und lief genau auf die Kugel des Gegners los, blieb eine Spanne davor stehen, ein leiser Tupf mit dem gekrümmten Finger: Gitsch, gewonnen! Und ein andermal, wenn man mit dem prall gefüllten Kugelsäckchen ans Anmäuerln ging, da ging alles schief. Die Kugel schien nur Ecken zu haben, rumpelte in die falsche Richtung, wie wenn sie es einem zufleiß tun wollte. Und da half es auch nichts, wenn man mit der Kappe oder mit dem Halstüchel den Boden vor der Mauer rein fegte: die Kugel blieb an einem Staubkörnchen hängen, das man übersehen hatte, oder aber sie wurde verrissen. Man kam dann zu keinem „Gitsch“, auch wenn man sein „Marberl“, die „Marmorkugel“, laufen ließ, auf die man sich sonst immer verlassen konnte. Als ich das erstemal in die Kugelschlacht ging, hatte ich in meinem Säckchen zwanzig gewöhnliche Scheibkugeln und drei Glaskugeln. Mutter hatte mir Geld gegeben, und ich kaufte mir den Vorrat beim Greißler. Er hatte ein großes Gurkenglas voll auf dem Ladentisch stehen: rote, blaue, gelbe, grüne. Alle Farben waren da. Man bekam zwei Stück für einen Heller, also vier für einen Kreuzer. Die Glaskugeln waren teurer, da kostete das Stück zwei Kreuzer oder vier Heller. Mit meinen dreiundzwanzig Kugeln begann ich also meine Laufbahn als Kugelscheiber. Aller Anfang ist schwer. Es dauerte nicht lange, da hatte ich die Hälfte meiner Kugeln verloren. Nun schnürte ich mein Säcklein zu und verlegte mich aufs Zuschauen. Dabei konnte ich lernen, ohne zu verlieren. Die Kugeln, die ich noch besaß, wollte ich nach Hause bringen. Wenn Karl von der Schule kam, würde er mich gehörig auslachen, hörte er, daß ich „geschnotzt“ (ausgeplündert) worden bin. Dazu wollte ich es nicht kommen lassen. Er sollte mich das Kugelscheiben richtig lehren! Sicherlich war da ein Trick dabei, den man kennen mußte! Karl mußte damit herausrücken, ob er wollte oder nicht; das nahm ich mir fest vor. Am Nachmittag muß er im Hof mit mir spielen, aber was er mir abgewinnen würde, müßte er mir wieder geben.

Endlich kam er nach Hause, aber gerade heute hatte er so viele Aufgaben zu machen; ich konnte es kaum erwarten, daß er fertig wurde. Als er so weit war, versuchten wir es im Hof. Aber das Pflaster war so holprig, da brachte selbst Karli kaum einmal einen Gitsch zusammen. Im Garten dagegen fehlte uns die Mauer zum Anmäuerln. Wir versuchten es an einem Baum, aber das war nicht das Richtige. Immer verriß eine Wurzel die Kugel. „Weißt du was“, schlug da Karl vor, „wir spielen Gitschen und Spannen.“ Es war mir recht. Bei dem Spiel muß man mit seiner Kugel jener des Partners so nahe kommen, daß man sie mit den Fingern erspannen konnte; oder man traf sie gar und machte einen „Gitsch“. Es dauerte nicht lange, da hatte ich auch dieses Spiel satt. Ich verlor dabei noch mehr als beim Anmäuerln. Kunststück! Karli hatte viel längere Finger als ich! Ich bekam wohl die verspielten Kugeln zurück — wie ausgemacht. Aber daß ich fortwährend verlor, hatte mich geärgert. „Ich spiel’ überhaupt nicht mehr mit Kugeln“, sagte ich und lief in die Wohnung. Ich lernte das Gitschen und Spannen mit der Zeit doch noch recht gut und kam öfters sogar mit mehr Kugeln nach Hause, als ich beim Fortgehen hatte. Beim Spiel mit Karl hatte ich doch einen Trick gelernt: ich spielte nie mehr mit Buben, die längere Finger hatten als ich.

Eines Tages war es aus mit dem Kugelscheiben, Wolferltreiben und wie die Spiele alle hießen. Ein außerordentliches Ereignis war der Grund dazu. Eines Tages wurden urplötzlich aus dem Unterörtl herauf Staubwolken sichtbar, aus denen Pferdegetrappel und furchtbares Gebrüll erscholl. Eine Reiterschar tauchte auf; echte, richtige Präriejäger zu Pferde, die vor einer heulenden, berittenen Indianerhorde flüchtete. Die Indianer schwangen ihre Tomahawks und Lassos, schwärmten aus und taten, als wollten sie uns überreiten. Wir zogen uns schreckensbleich in versteckte Winkel zurück. Plötzlich hielt die Meute auf dem Platz friedlich an. Sie verhielt, bis sich eine größere Menschenmenge angesammelt hatte. Dann verkündete ein Trapper auf tanzendem, steigendem Roß:

„Bewohner von Grinzing! Wir sind eine Wildwesttruppe aus dem größten Zirkus der Welt, Barnum and Bailey, der in der Rotunde im Prater täglich Vorstellung gibt. Alt und jung, kommt zu uns und betrachtet unsere Wunderschau!"

„O jeh, dö san jo net echt, dö san nur so anzogn", sagte mein Freund zu mir. „I hob glaubt, dö wern do zu raufen anfangen, und mir können zuaschaun."

Ich glaube, alle Buben fühlten ein ähnliches Bedauern, jetzt, da wir sicher waren, daß uns nichts geschähe. Das Erlebnis war aber für uns eindringlich genug, um unseren Alltag zu bestimmen. Das Indianerspiel wurde bei uns große Mode. Der Pfarrplatz war als Kampfstätte nicht geeignet; darüber waren wir uns bald im klaren: er hatte zu wenig vom Wilden Westen an sich, bot weder Urwald noch Prärie. Es ergab sich sehr bald, daß unser großer Garten mit seinen vielen Bäumen, dem dichten Buschwerk längs der Zäune, seinen ungehegten Rasenflächen der richtige Platz dafür war. Das oberste „Salettl", dicht mit Efeu umwachsen, war das ideale Farmerhaus am Rande des Urwalds. Das mittlere Lusthaus, von einer hohen Buche beschattet, war das Zentrum des Indianerlagers. Der Pflock für Mutters Wäscheleine davor ergab einen prächtigen Marterpfahl.

Mein Bruder war damals ein eifriger Leser und Anhänger

von Karl May. Als solcher traf er die Auswahl unter denen, die mitspielen durften, ganz im Sinne seines Idols. Nur absolut harte, furchtlose Kämpfer, die mit stoischem Gleichmut die Leiden des Marterpfahles ertragen konnten, wurden zugelassen. Der Graf Turl, der Maxer Edi, der Sommerfeld Hansl, der Elsner Heinrich, der Mayerweg Franzl und noch einige andere Altersgenossen Karlis — und, wie er, Karl May-Anhänger — entsprachen der strengen Prüfung. Ich war wohl auch dabei, aber nicht als Krieger. Ich wurde zwar als tapfer genug anerkannt, aber für zu klein gehalten, um die Gefahren eines Kampfes auf mich zu nehmen. Als brauchbarer Botenjunge, als Späher im dichten Buschwerk, als geraubter Knabe, der mit List oder Waffengewalt befreit werden mußte, fand ich Verwendung und auch Anerkennung bei den Großen. Als Waffe wurde mir nur ein hölzernes Messer zugestanden, das ich im Gürtel trug, während die Krieger schwer bewaffnet mit hölzernen Tomahawks, mit Pfeil und Bogen und mit Lassos einhergingen. Karl war Old Shatterhand, der Graf Turl Winnetou. Obwohl die beiden bei Karl May enge Freunde waren, traten sie sich hier als erbitterte Feinde gegenüber. Freilich nur dann, wenn es zu ernsthaften Kämpfen kam. Im Frieden versammelte sich Rot und Weiß am Lagerfeuer, rauchte die Friedenspfeife, und jeder feierte den anderen als tapferen Krieger und Helden. Man faßte einmal sogar den Entschluß, Blutsbrüderschaft zu schließen; es kam aber nicht dazu. Ich glaube, es wollte sich keiner der Krieger — trotz aller Heldenhaftigkeit — das Tröpfchen Blut abzapfen lassen, das dazu nötig gewesen wäre.

## WIR SUCHEN EINEN SCHATZ

Graf Turl-Winnetou tat vier tiefe Züge aus seiner Pfeife, blies den Rauch in die vier Himmelsrichtungen und hub zu reden an: „Hört, ihr roten und auch ihr weißen Brüder! Es hat sich in vielen Kämpfen gezeigt, daß es keinem von uns an Mut und Kampfgeist fehlt. Aber warum sollen wir weiterkämpfen, wenn wir sehen müssen, daß der große Manitou weder den roten noch den weißen Männern den Sieg schenkt. Begraben wir deshalb das Kriegsbeil und leben fortan in Frieden miteinander, Winnetou hat gesprochen. Hugh!"

„Der Winnetou hat ganz recht", platzte der Maxer Edi in die nun folgende Stille. „Mir ist dö Sach eh scho lang zfad."

Der Maxer Edi konnte nicht wie ein Indianer sprechen, so tat er es auf Grinzingerisch: „Es is jo bled, wann ma immer dasselbe machen: entweder gengan ma gegens Salettl los, oder mir rauchen dürre Blattln am Lagerfeuer, was gar ka wirklichs Feuer is, weil ma kans anzünden derfen."

So durfte ein richtiger Westmann natürlich nicht sprechen, so gerade heraus und ohne Würde. Mein Bruder Karl Shatterhand setzte deshalb zu einem kräftigen Verweis an. Aber dem Elsner Heinrich, dem Grauen Bären, war das Indianerspielen auch schon langweilig geworden. Haupsächlich deswegen, weil er immer noch Unterhäuptling war und nur eine einzige Feder tragen durfte; andere hatten zwei, der Häuptling sogar drei Federn. Er fiel Karl ins Wort: „Du brauchst di gar net aufregen, Old Shatterhand, wir alle habn dö Spielerei schon bis daher." Er hob die flache Hand bis an die Stirne. „Und i glaub, es ist höchste Zeit, daß ma wieder wos Gscheids machen. Und i wüßt a scho was. Freili' g'hört dazua a bisserl Couragi."

„Und wos war denn dös?" fragte Winnetou auf gut Grinzingerisch.

„Paßts auf!" Der Heinrich senkte geheimnisvoll seine Stimme und blickte sich vorsichtig um, als ob er einen Lauscher fürchtete. Der Schlankl weidete sich noch eine Weile an unserer Spannung, bevor er zu sprechen anfing: „Es geht um enkeren Keller, Karl", begann er. „Mei Großvota hat erzählt, daß in enkeren Keller aner a Vogelhäusel voll Dukaten vergraben hat. Dös war, wia dö Türken nach Wean einikema san. Do hot er also zuerst sei Göld vergraben, dann hot er si zampackt und is nach Wean eini. So hab'ns olle Leut in Ort gmacht: Hob'n dena Türken dö laren Häuser hinterlassen und san furtzogn. Der Türk, wia er a nix Gscheids gfunden hat, hot vor Zurn dö Häuser niederbrennt, aber dö Keller san blieben. Dö meisten Grinzinger san wieder hamkumma und habn eanare Häuser aufbaut. Der Eigner von eucheren Keller ist net mehr kema. Und jetzt liegt der Schatz in Keller, aber neamd waß, wo. Der Keller is ja endsdrum groß. Na, was mants, wann ma danoch suachn tätn, wär dös a Sach?"

Ein Vogelhäusel voll Dukaten! Dem Heinrich war es gelungen, unsere Teilnahme in hohem Grad zu erwecken. Nach Gold graben, das war doch eine würdige Aufgabe für Westmänner, und viel aufregender und abenteuerlicher als unsere Indianerspielerei. Meine Mutter hatte mein Taufgeschenk aufbewahrt: drei Dukaten im Etui. Und der Vater hatte uns einmal gesagt, wie viel drei Dukaten wert sind: Ein Masse Geld. Nun soll's da ein Vogelhäusel voll Dukaten geben. Karl schätzte ab, wieviel Stück das sein könnten.

„Ein paar hundert werden es sein", meinte er, und die anderen gaben ihm recht.

„Und wie viele Kronen gibt das?" fragte der Edi. Es kam eine Summe heraus, die selbst die Rothäute, welche den Mammon verachteten, in Aufregung versetzte.

„Na, was sagt's jetzt?" fragte Heinrich stolz, als er sah, wie sehr sein Vorschlag bei uns eingeschlagen hatte. „Glaubts net a, daß des für uns a Sach wär, im Keller nachgraben? Stellts euch vor, was ma mit dem vielen Geld alles anfangen könnt'n, wann mas finden? Aber deinen Leitn derfst nix davon erzähln, Karli, und du, Vikerl, a net. Da haßts schön dös Maul halten gegen alle. Neamd derf wissen, daß ma im Keller graben. Sie täten's uns net glauben, daß in Keller a Schatz liegt, und täten uns außistampern. Na, neamd derf was davon erfahren; es bleibt unter uns; Hand drauf!"

Alle pflichteten wir unserem Freund eifrig bei.

„Ans versteh i net", sagte jetzt der Turl, „du hast gsagt,

HIMMELSTRASSE. Aquarell von Ferdinand Weckbrodt.

du waßt was, zu dem man Courage braucht. Hast du vielleicht a Angst vorm Keller?"

„Kennst du den Keller im Vierz'gerhaus, Turl?" fragte Heinrich. „Da kann am scho dös Grausen angeh. Waßt, wia groß der is und stockfinster und enterisch; stimmts, Karli, was?" Karl war noch nie im Keller unten gewesen, und ich auch nicht; aber das brauchten die Buben nicht zu wissen. Drum sagte Karl forsch und überlegen: „Ja, ja, er ist schon groß, und finster ist er auch. Wir müssen uns eben einen Schüpp'l Kerzen mitnehmen."

Wir wollten die Sache nicht auf die lange Bank schieben. In einer Stunde kommen wir wieder hier im Garten zusammen, machten wir uns aus. Jeder bringt Kerzen mit und ein Werkzeug zum Graben. Mit den Werkzeugen aber dürfen wir nicht beim Haustor hereinkommen; jeder kommt von hinten durchs Gartentürl. Im Garten ist vom Keller herauf ein Luftschacht, durch den werfen wir das Werkzeug hinunter. Kein Mensch sieht davon etwas, und wir stehlen uns dann in den Keller hinunter. Der Edi war's, der uns diesen Rat gab. Er hatte immer die richtigen Ideen, wenn es um Dinge ging, die man nicht an die große Glocke hängt. Wir patschten ihm Beifall, hieben kräftig auf seine Schulter und gingen auseinander.

Mein Bruder und ich blieben im Garten zurück, und wir sponnen zu zweit unsere Pläne weiter. Karl fiel aus seiner Shatterhand-Rolle nie heraus. Was täte sein Held in unserem Fall, fragte er sich. Er würde nicht auf die anderen warten, er ginge allein auf Kundschaft aus, fände allein die besten Mittel und Wege und würde seinen Kameraden stolz den Schatz weisen, den er inzwischen gefunden hat; und das ganz allein! Genauso wollte es Karl machen; ich durfte allerdings als sein Gehilfe mittun. Wir gingen in die Wohnung. Ich plauderte harmlos mit meiner Mutter; inzwischen verschaffte sich Karl eine Kerze, Zündhölzer und ein Küchenmesser; er winkte mir, und wir schlichen ins Preßhaus. Die Kellertür war im

Fußboden eingelassen; sie war aus schweren Brettern gezimmert, in die ein eiserner Ring zum Aufheben eingelassen war. Der Keller wurde nicht benützt. Der Hausherr lagerte seinen Wein anderswo, und die Hausfrauen benützten ihn nicht, weil ihnen die Tür zu schwer war. Karl hob sie ein wenig, und da gähnte uns die Finsternis entgegen; ein dumpfer, modriger Geruch stieg herauf. Mir war nicht recht wohl, als ich in die Finsternis sah und den grausigen Geruch verspürte; es wäre mir recht gewesen, wenn die anderen Buben dabeigewesen wären. Karl sah mir meine Bangnis an.

„Du brauchst keine Angst zu haben", beruhigte er mich, „ich hab' auf alle Fälle ein Messer mitgenommen".

Das war für mich nichts weniger als beunruhigend. „Meinst du denn, daß jemand unten im Keller ist?" fragte ich.

„Nein, nein. Aber ein Messer ist immer gut."

„Vielleicht bringen wir die Kellertür allein nicht auf."

Ich sagte es halb in der Hoffnung, daß Karl den Plan aufgäbe. Aber Old Shatterhand dachte nicht daran, sich durch eine Kellertür von seinem Plan abhalten zu lassen. Sie war wohl schwer, sehr schwer sogar, aber mit vereinten Kräften gelang es uns doch, sie aufzuheben und mit dem Ring an dem Haken in der Wand festzumachen. Der Weg in den Keller lag nun offen vor uns, und wir machten uns daran, hinunterzusteigen. Da ertönte ein Pfiff vom Garten: unser Vereinspfiff. Ich atmete auf: die Buben waren schon da, lang vor der Zeit. Sie hatten es wahrscheinlich nicht erwarten können. Wir beide mußten nun unseren Erkundigungsgang abbrechen. Wir ließen die Kellertür offenstehen und liefen in den Garten hinauf. War ich froh, daß ich nicht mehr allein mit Karl war, obwohl er der tapfere Old Shatterhand war, der unüberwindliche Helfer und Beschützer! Alle Schatzgräber waren da, und jeder hatte ein Werkzeug mitgebracht; das war für die Hauerbuben eine leichte Sache. Sie warfen es durch den Luftschacht in den Keller, dann schlichen wir hinunter ins Preßhaus. Die Kellertür stand offen, Winnetou entzündete eine Kerze und stieg als erster furchtlos in den Keller hinab. Die anderen folgten. Ich war der letzte — da wäre ich am schnellsten wieder oben gewesen. Unser Kerzenlicht reichte nicht weit in das Dunkel hinein. Wir sahen nur die Seitenwände und das Gewölbe über uns. Die nackten Steine waren über und über mit schmutzigen Spinnweben bedeckt, die in langen Fäden herunterhingen. Da und dort lag Gerümpel, das in unserem Kerzenschein seltsame Schatten warf. Weinfässer gab's keine; Dunkel und Stille erfüllte den Raum. Wenn da nun plötzlich so ein alter Türke auftauchte! Mir schlug das Herz bei diesem Gedanken bis zur Kehle hinauf. Aber es konnte ja nicht sein, tröstete ich mich. Es sind doch ein paar hundert Jahre her, seit die Türken hier waren. Wir gingen weiter ins Dunkel hinein. Auch den Großen dürfte ein Gutteil von ihrem Mut verlorengegangen sein: vorsichtig und lautlos schlichen sie dahin. Jetzt waren wir unter dem Garten, das merkten wir, weil es von der Decke heruntertropfte. Nur das Gewölbe und ein wenig Erde darüber trennten uns vom Licht. Das beruhigte uns, und wir begannen zu sprechen. Jetzt sahen wir einen hellen Fleck auf dem Kellerboden. Der kam vom Luftschacht im Garten, und da lagen auch die Grabgeräte herum. Ein paar Schritte noch, dann war der Kellerraum zu Ende; nun konnten wir mit der Suche beginnen.

Nachdem wir das unheimliche Dunkel mannhaft überwunden hatten, gingen wir voll Mut und Tatkraft ans Werk. Wo konnte der Schatz liegen? Das war eine Frage, die wir uns zuallererst stellen mußten. Fanden sich Spuren von dem verborgenen Gold? Eine eingesunkene Stelle, vielleicht eine kleine Erhebung. Wir mußten also irgendwo zu graben anfangen. Es war schon so beim Goldgraben: man mußte an einer Stelle beginnen und sich aufs Glück verlassen. Die Buben fingen an verschiedenen Stellen zu graben an. Ich tat nicht mit, sondern hielt in jeder Hand eine Kerze und leuchtete den Schatzgräbern. Eine Weile schaute ich ihnen mit größter Spannung zu. Als sich aber gar nichts zeigte, nur Erde und Steine, wurde mir die Sache allmählich langweilig. Ich dachte an unser Indianerspiel im Garten. Das war doch tausendmal schöner als das Graben da im finsteren, schmutzigen Keller. Aber nun kam mir vor, als ob auch den andern das Graben langweilig wurde, weil sie nichts fanden. Wenn sie wenigstens auf einen einzigen Dukaten gestoßen wären! Aber nichts zeigte sich. Sie warfen einander bissige Worte zu und machten verdrossene Gesichter. Die Arbeit war nicht leicht: die oberste Schichte des Kellerbodens war wohl aus Sand und Lehm, aber darunter gab es eine Menge Steine. Der Schweiß rann den Buben von der Stirne. Schon begannen in den Schatzgräbern Zweifel und Unmut aufzusteigen, da ertönte plötzlich eine Stimme durch den Keller, dumpf und dröhnend. Die Goldsucher erstarrten, ich ließ vor Schreck die Kerzen fallen und verkrampfte mich in Karlis Rock. Jetzt gab es ein Gepolter — der Kellerdeckel war zugefallen. Wir hatten in unserem Eifer vergessen, die Tür zu schließen, als wir in den Keller hinuntergestiegen waren. Vielleicht hatten wir auch gar nicht vergessen, sondern hatten halb absichtlich die Kellertür offen gelassen ... Bei einer Flucht aus dem Dunkel hätte die geschlossene Kellertür zu einem argen Hindernis werden können. Jemand hatte heruntergerufen, und als keine Antwort kam, die Tür geschlossen. Das wurde uns klar, nachdem wir uns einigermaßen von unserem Schreck erholt hatten. Und klar wurde uns auch mit einem Mal, daß wir das Goldgraben weidlich satt hatten. Wortlos schulterten die Buben ihr Werkzeug und schlichen beim Schein eines einschichtigen Kerzenfunzerls dem Ausgang zu. Es fiel uns nicht leicht, die schwere Kellertür von unten her zu öffnen. Aber es ging, und nun hatte das Licht uns wieder.

Anderen Tages saßen wir am Lagerfeuer und besprachen unser Erlebnis im Keller. Wieder blies Winnetou den Tabakrauch in die vier Windrichtungen, dann begann er voll Ernst und Würde zu sprechen: „Meine Brüder! Ihr wißt, wieviel Leid das Gold den Menschen gebracht hat. Statt des Glückes, das sie sich von ihm erhoffte, brachte es Unglück, Tod und

Untergang. Der gute Manitou wollte uns davor bewahren und ließ uns den Schatz nicht finden. Wir schulden ihm dafür unseren Dank. Ich habe gesprochen. Hugh!"

## WINTERFREUDEN

„Da schau aufi", sagte der Poldl zu mir, als wir miteinander aus dem Schulhaus gingen. „Dö Wolken san voller Schnee, aber er fallt net abi. Heuer laßt sich der Winter wieder Zeit mit dem Schnee."

Wir warteten schon so sehnsüchtig darauf. Es war wohl kalt, und wir hatten eine schöne lange Schleife auf dem Platz vor dem Nepomuk. Aber während wir in der Schule saßen, kamen die Straßenkehrer und streuten Sand und Asche darauf. Wir fegten sie wohl mit unseren Pudelmützen wieder rein, so gut es ging, aber eine einmal zugestreute Schleife ist nicht mehr das Richtige. Besonders die Asche ist schlecht, weil man sich beim Putzen die Pudelhaube zerreißt. Dabei hatten wir einen guten Straßenkehrer, der uns unsere Schleife gar nicht gern zerstörte. „Aber i' muaß enk enkere Schleifen verschütt'n, sonst kriag i' mein Putzer von der Wach'. Und dö Leut schimpfen a auf mi, wanns ausrutschen und doliegn", erklärte er uns. Das verstanden wir ja, aber deswegen war uns doch immer um unsere schönen Schleifen leid. Wir wünschten uns dringend Schnee; dann konnten wir auf die Schleiferei verzichten.

Eines Tages gab es Schnee. Alle Buben und Mädeln rückten mit ihren Schlitten an. Auch der Böhmer Fritzl; sein Schlitten war ein ungefüges Trumm, die Buben rissen ihre Witze darüber. Der Fritzl wurde fuchtig: „Was verstehts denn ös, blede Buam, von an Schlitt'n. Der meinige ist der beste Schlitt'n im Ort. Mei Vater hat den alten Birnbaum in unserem Garten umg'schnittn, und aus dem Holz hat er mir den Schlitt'n g'macht. Es gibt ka bessres Schlitt'nholz, hat er gesagt, als des birnbamerne." Stolz zeigte Fritzl auf den Schlitten: „Da schauts enk dös Holz an!" Er wies auf die Kufen und Füßeln aus dem dunklen, festen Birnbaumholz. Wenn es der Herr Böhmer gesagt hat, stimmte es wohl: das Birnbaumholz ist das beste Schlittenholz. Wir gaben dem Fritzl recht: er hat den besten Schlitten von Grinzing.

Aber der Lier Hansl war anderer Meinung. „Laßt enk nix dazöhln", er machte eine wegwerfende Bewegung mit der Hand. „I hab an zwetschkernen Schlitten, und der is grad so guat wia a birnbamerner, vielleicht sogar noch besser."

Das kostete dem Fritzl nur einen Lacher, und die zwei Buben hätten fast zu streiten begonnen. Schon faßte jeder seinen Schlitten und wollte damit auf den andern losgehen. Wir standen um die beiden herum und wußten nicht, wem wir rechtgeben sollten. War nun der birnbaumerne oder der zwetschkerne Schlitten der bessere? Zum Glück kam der Berger Toni daher; der war um ein paar Jahre älter als die andern und meinte weise: „Gehts do zum Wogner, zum Nepöli obe; der vasteht was von Holz, und der wird euch glei' sag'n, dös welcherne Holz dös bessere is'." Das war ein guter Rat. Die zwei packten ihre Schlitten und fuhren damit zum Nepelius hinunter. Wir anderen gingen mit ihnen, gespannt darauf, was der Wagner sagen würde.

Der arbeitete im Hof an einer Deichsel, als da plötzlich eine Schar von Kindern bei ihm einfiel. Verwundert fragte er, was sie von ihm wollten. Es dauerte eine Weile, bis er herausgebracht hatte, um was es ging. „A, ös mants, i' hob nix anders z'tuan, als euchere Streitigkeiten anz'hören?" sagte er ärgerlich. Als er aber sah, wie ernst es den Buben mit ihren Schlitten war und wie sehr sie auf sein Urteil warteten, wurde er freundlicher. „Zagts her amol euchere Gasseln!" forderte er die Buben auf und schob seine Brille auf die Nase. Er betrachtete die Schlitten und fuhr mit den Fingern über die klobigen Kufen, nickte dann beifällig und sagte: „Dös richtige

Hof im Haus Himmelstraße 5. Das Gebäude fiel dem Bau der Straßenbahnendstation zum Opfer (um 1910).

Holz für an Schlitten bei alle zwa. Mirkts enk: jeds obstbamerne Holz is guat, denn dös muaß zach sei, damits dös schware Obst datrogn kann. Freili', alle Bam san net gleich. Dös is wia bei die Menschen: der ane is' g'sund, hat a fest's Fleisch und harte Knochen. Der andere is ledi' krank und hat ka Kraft und kan Kern. Beide Schlitten san aus g'sunden, festen Holz, und kaner is besser als der andere. So, und jetzt geht's wieder ham und halts mi net von der Arbeit auf."

Um ein gutes Stück erfahrener, was den Schlitten und sein Holz betrifft, trollten wir uns aus der Werkstatt. Der gute Alte hatte es allen recht gemacht: den zwei Streithanseln und uns anderen auch. Wir wußten nun übers beste Schlittenholz Bescheid, und keiner konnte uns etwas vormachen. Der Friede war hergestellt, aber nun wollte man schlittenfahren und zeigen, was der eigene Renner konnte. „Wißts was", sagte da der Rauscher Franzl, „wir gengan auf unsern Acker in der Langackergassn schlitt'nfahrn!"

„Hot er an urndlichen Schnee?" erkundigte sich einer vorsichtig.

„Mehr als gnua, man muaß ihn erst a bisserl niederfahrn; aber dann geht's wia gschmiert." Der Acker war ganz in der Nähe am Anfang der Langackergasse. Er lag steil genug, und ein Schlitten kam ganz schön in Schwung, wenn man vom oberen Ende losfuhr. Aber es war ein Haken dabei: Die Schlittenbahn hatte keinen richtigen Auslauf. Am unteren Ende stand eine Mauer, die den Acker von der Gasse abgrenzte. Und gleich gegenüber, keine fünf Meter weit davon, stand das Häusel vom Schöll Lavara auf der anderen Straßenseite. Seine Fenster waren zwei, drei Handbreiten vom Erdboden entfernt. Wenn da einer seinen Schlitten nicht rechtzeitig abbremsen konnte, dann schwuppste er über die Mauer und lag im Fenster drinnen. Das war nicht erst einmal geschehen; drum drohte der Lavara jedesmal mit dem Stecken, wenn die Buben zum Schlittenfahren daherkamen. Aber das schreckte sie nicht ab, und die Mauer auch nicht. Jeder hielt sich für einen Meister im Schlittenfahren, dem es nicht passieren konnte, daß er über die Mauer herunterfiel. Also auf zum Rauscheracker, hieß es trotz alledem! Der Franzl ging voran, sperrte das Gattertürl auf, das seitwärts von der Mauer zum Grund führte, und stieg, gefolgt von den Buben, den Hang hinauf.

Karl und ich waren bis zum Gattertürl mit den Buben gegangen, dann machten wir kehrt — schweren Herzens — und gingen nach Hause. Wir hatten nämlich keinen Schlitten mit. Wir zeigten uns damit nicht gerne auf der Straße, weil wir keine Ehre mit unserem Fahrzeug eingelegt hätten. Es war ein Schlitten, wie ihn die Kinder in der Stadt hatten: ein hochgestellter Spielzeugschlitten aus schwachem Eisengestänge mit einem geschweiften, rotlackierten Holzsitz. Damit konnte man zahm im Park oder auf der Straße gezogen werden. Dazu taugte er, aber nicht für eine Fahrt über eine steile, holperige Schlittenbahn. Als wir das erste Mal mit unserem Fahrzeug auftauchten, lachte man uns aus. „Was wollts denn mit dem Glumpert da!“ riefen die Buben. „Wollts leicht gar schlittenfahren damit? Die Kraxen geht beim ersten Mal unter euch z'samm und ös sitzts am Hintern da.“ Die Buben hatten recht. Wenn wir unseren Jämmerling mit den derben Schlitten der anderen verglichen, sahen wir ein, daß er für Grinzing nicht taugte. Drum ließen wir ihn lieber zu Hause.

Wir gingen recht kopfhängerisch von unserem Besuch beim Wagner heim. Obstbaumholz war das richtige für einen Schlitten; das wußten wir jetzt. Aber woher sollten wir dieses Holz nehmen? Und wenn wir gleich das richtige Holz hätten, hätten wir damit noch immer keinen Schlitten. Mutter merkte, daß uns etwas bedrückte, als wir nach Hause kamen.

„Nun, was ist denn mit euch beiden los?“ fragte sie. „Ihr schaut drein, als ob euch die Spatzen das Brot weggefressen hätten. Woher kommt ihr denn? Vom Wagner? Was habt ihr denn beim Wagner zu tun gehabt?“

Karl berichtete vom Streit der beiden Buben, den der alte Nepelius schlichten sollte. „Und zum Schluß hat er gesagt, daß für einen richtigen Schlitten Obstbaumholz gehört.“

Mein Bruder erzählte es in einem Ton, aus dem die Mutter die Klage über unseren Schlitten heraushören mußte.

„Also, da drückt euch der Schuh!“ sagte sie. „Euch paßt euer Schlitten nicht mehr, er ist euch nicht mehr gut genug, weil er nicht aus Obstbaumholz ist.“

„Ja, weißt du“, erklärte Karli, „er hält eine richtige Fahrt über einen Berg herunter nicht aus. Das haben wir das letzte Mal gemerkt, wie wir nur das kleine Bergel vom Park heruntergefahren sind; da war er ganz verbogen und verdreht. Wir haben uns gar nicht mehr weiterfahren getraut“.

„So, so“, sagte die Mutter. „Nun, in vierzehn Tagen kommt das Christkindl, wer weiß, vielleicht kann es da Rat schaffen.“ Wir horchten auf und schauten die Mutter fragend an. Sollte das heißen, daß die Eltern unsere Wünsche erraten hatten und daß wir Schlitten bekommen würden? Ich schaute auf Karl, und er blinzelte mir zu. Dann sagte er: „Komm, wir gehen in den Garten und machen uns eine Schleife.“ Unterwegs packte er mich beim Kragen und schüttelte mich; das geschah aus Freude. „Zu Weihnachten kriegen wir Schlitten, ich wette drauf“, sagte er. „Ich hab es der Mutter angesehen, daß sie uns etwas verschweigt. Da macht sie immer so ein Gesicht. Laß dir aber nichts anmerken. Wir müssen beide tun, als ob wir nichts ahnten.“

Wir spielten also die Ahnungslosen, freuten uns aber insgeheim sehr auf unsere Schlitten. Für uns gab es gar keinen Zweifel mehr, daß wir sie bekommen. Das Warten darauf fiel uns nicht allzu schwer, weil es keinen Schnee gab die Woche vor Weihnachten. Da war der Böhmer Fritzl mit seinem Birnbaumernen nicht besser dran als wir mit unserem Spielzeugschlitten.

Zu Weihnachten bekam tatsächlich jeder von uns einen Schlitten. Sie waren weder aus Birn- noch aus Zwetschkenholz gemacht, sondern aus Hainbuchenholz. “Das ist besser als jedes andere Schlittenholz“, sagte der Vater. „Das hat mir der Tischler gesagt, der eure Schlitten gemacht hat.“ Mutter verbesserte mit einem Seitenblick auf mich: „Das hat der Tischlermeister dem Christkind gesagt, als es die Schlitten bei ihm bestellte.“

Ich blickte die Eltern gläubig an, zwinkerte aber insgeheim meinem Bruder zu. Mit acht oder neun Jahren sollte ich noch an das Christkind glauben? Aber gut, wenn es der Mutter Spaß machte. Der Vater machte noch einmal einen Fehler, was der Mutter ein ärgerliches Kopfschütteln abrang. Der Tischlermeister Aumeier hatte ihm und nicht dem Christkind versichert, daß alle Zeugstiele aus Hainbuchenholz verfertigt werden, weil das das zäheste Holz ist, das wir bei uns haben. Nun sollte uns der Böhmer Fritzl oder der Lier Hansl nochmals mit ihren „obstbamernen“ Schlitten kommen. Denen wollten wir klar machen, welches das beste Schlittenholz ist. Und wenn sie es uns nicht glauben wollen, dann sollen sie zum Aumeier gehen. Der ist Tischlermeister und versteht vielleicht vom Holz noch mehr als ein Wagner. Und dann sollen sie ihren Vater fragen, aus was für einem Holz seine Zeugstiele sind.

Der Winter hatte Einsehen mit uns, und bald nach Weihnachten kam der Schnee. Wir hatten ihn schon sehnsüchtig erwartet, und kaum waren Straßen und Wiesen richtig weiß, zogen wir schon mit unseren neuen Rennern los. Wir waren voll Erwartung und im vorhinein siegesbewußt. Hoffentlich kam der Böhmer Fritzl mit seinm Schlitten daher: Der wird Augen machen, wenn er uns mit unseren schönen, neuen Schlitten sieht. Der Fritzl kam und betrachtete unsere Schlitten mit geringschätziger Miene. Dann meinte er: „Neich sans jo, enkere Gasseln, aber wert sans nix, dös siacht ma am Holz; dös is a Zuckerkistenholz, aber ka Schlittenholz."

„Und bei dir sieht man gleich, daß du vom Holz einen Schmarren verstehst", sagte Karli empört, „sonst müßtest du sehen, daß unsere Schlitten aus Hainbuchenholz sind. Und das ist das beste Schlittenholz, das es gibt. Das hat uns der Tischler gesagt."

„Was vasteht der Aumeier von an Schlitten, der macht sein Lebtag Wasserbank'ln und Waschtrög, aber kane Schlitten."

„Kummts her mit enkere Kraxen, tan ma amol wettfahren, wird ma glei se'gn, was sie wert san. Gebts nur Obacht, daß net eppa über an Stan fahrts, denn sonst bricht euch des Glump zsam. Also auf drei gehts los: ans, zwa, drei!" Fritzl stieß sich mit den Füßen kräftig ab und war gleich um ein paar Schritte voraus. Aber Karli holte ihn auf halbem Weg ein, fuhr vor und winkte ihm zu. Es war kein Wunder, daß Karl schneller war, denn die Kufen unserer Schlitten hatten Eisenbeschläge, und Fritzl fuhr auf nacktem Holz. Der hatte unseren Vorteil erkannt und meinte mit einem finsteren Gesicht: „Heit warst du voran, Karl, aber nächstens kumm i a mit Eisenbschläg, do werds dann segn, wia mein Schlitt'n rennt; dann könnt's ma nachschaun."

Er packte seinen unbeschlagenen Renner und ging heim. Die Lust am Schlittenfahren war ihm vergangen. Wir aber kosteten noch eine gute Weile unseren Sieg aus. So lange, bis uns Hunger und Kälte nach Hause trieben.

## DIE STRASSENBAHN KOMMT NACH GRINZING

Der Rieder Schakl (Jakob) hatte Haus und Grund an der Stelle, an der heute die großen Gesellschaftsautobusse ihre Fahrgäste, die zum Besuch des weltbekannten Heurigenortes gekommen sind, aussteigen lassen. Es war das Haus Himmelstraße 1, sein Garten reichte bis zur Straßergasse. Der Mann hatte einen kleinen Greißlerladen, und eine Tabaktrafik war auch dabei. Das Häusel ließ aber, zusammen mit dem gegenüberliegenden Cernygasthaus, der bis hierher recht breiten Grinzinger Allee nur einen engen Zuschlupf in den Ort. Das wäre nicht schlimm gewesen für die paar Pferdewagen, die im Tag den Engpaß passierten, und für die Fußgänger erst recht nicht. Aber nun sollte die Straßenbahn nach Grinzing kommen, und da wurde die Sache kritisch. Das Riederhäusel mußte also weg! Die Gemeinde wollte dem Eigentümer Haus und Grund ablösen; es war nicht allzu viel, was sie ihm dafür bot. Dem Schakl war es auf alle Fälle viel zu wenig, und außerdem hing er an seinem Besitz. Darum wehrte er sich mit Händen und Füßen gegen den Verkauf. „Mein Häusel kann ruhig stehenbleiben", meinte er. „Für die paar Leute, die nach Grinzing kommen oder von da in die Stadt hinein wollen, genügt ein Gleis. Dafür aber ist Platz genug." Es gab nicht wenige in Grinzing, die ebenso dachten. In Wien war aber Dr. Karl Lueger Bürgermeister, der wollte aus seiner Heimatstadt eine moderne Großstadt machen, und dazu mußten die erst vor kurzem eingemeindeten Vororte nach Trinkwasser, Beleuchtung und öffentlichem Verkehr dem Stadtkern angepaßt werden. Und wenn deshalb die Straßenbahn nach Grinzing geführt werden sollte, dann verstand es sich von selbst, daß man sie zweigleisig baute. Das empfahl sich außerdem auch deshalb, weil rings um die Stadt eine Höhenstraße gebaut werden sollte, die in Grinzing mit der Anlage der Kobenzlserpentinen bereits ihren Anfang genommen hatte. Grinzing sollte nun zu einem Ausflugs- und Erholungsgebiet der Wiener werden. So stand es damals in der Presse. Und der Geschäftsgeist der Hauerschaft begann sich zu regen. „Mit der Straßenbahn kommen eine Menge Leut' nach Grinzing, und wir machen ein gutes Geschäft", erkannten sie und waren mit der zweigleisigen Straßenbahn einverstanden.

Um das Riederhäusel ging der Kampf weiter. Aber standhaft schlug der Hausherr alle Angebote aus. „Im Haus hab ich mein Geschäft, das mir so und so viel einträgt", wehrte er sich. Und damit hatte er den entscheidenden Fehler gemacht. Man schickte ihm die Steuerbehörde auf den Hals. „So und so viel Einkünfte hatten Sie von dem Geschäft?" erkundigte man sich. „Aber das stimmt mit Ihrem Einbekenntnis nicht zusammen." Um der saftigen Steuerstrafe zu entgehen, gab der Mann nach: ein altes Hauerhaus mußte der Zeit weichen. Das gab lange den Gesprächsstoff in Grinzing. „Lang hot er si' g'wehrt", sagten sie, „aber zum Schluß hobn's eam do 'rumkriagt. Ka Wunder, gegen die Gemeinde kummt kaner auf." Wir Kinder wußten nichts von dem Kampf, den der Rieder um sein Haus geführt hatte und in dem er schließlich unterlegen war. Wir hielten uns an das, was wir sehen und verstehen konnten. Das war zunächst, daß der Rieder Schakl mit Sack und Pack sein Haus verließ. Der Bau stand nun eine Zeit lang verwaist da, verwahrlost, die Fenster schmutzig und zum Teil zerbrochen; ein trauriger Anblick. Dann kamen Arbeiter, und der Abbruch begann. Mit brennendem Interesse schauten wir Kinder zu, wie das innere Winkelwerk vom Dachboden bis zum Keller zum Vorschein kam und sich unseren neugierigen Augen preisgab. Und dabei geschah es eines Tages, daß das Nachbarhaus,

Der Grinzinger Platz, bevor die Straßenbahn kam (um 1905).

Himmelstraße 3, seinen bloßgelegten häßlichen Rücken der Grinzinger Allee zuwandte: so blieb es bis zum heutigen Tag. Die Lücke war nun weit genug für die Straßenbahn. Und wenn es bisher doch noch Leute in Grinzing gegeben hatte, die den Bahnbau bezweifelten, das vom Erdboden gefegte Riederhäusl machte sie gläubig. Und auch unter uns Kindern war so mancher Zweifler bekehrt.

„Was wettst, mir kriagn a Tramway; umsonst habn's net des Häusl weggrissn."

Keiner wettete, denn nun glaubten wir alle daran. Aber nun gab's andere Fragen, die die Leute beschäftigten, etwa wie weit die Straßenbahn in den Ort hineinfahren wird. Damit bekam der Streit zwischen Ober- und Unterörtel neue Nahrung, zumindest unter uns Buben.

„Sie soll nur ins Unterörtl fahren, so hab i' ghört", sagte

einer. „Was tätens' a droben im Oberörtl in dem Winkelwerk", setzte er hinzu.

„Was sie im Oberörtl tuan solln, du Hiasl? Dös gleiche wia im Unterörtl!" schrie ein empörter Oberörtler. „Stehnbleiben und warten, bis d'Leut kommen zum Einsteigen. Was denn sunst. Oder manst, daß do drobn anders macherten als herunt?"

„Na, na", einigte man sich. „A Endstation is a Endstation, obs da is oder durt. Die Elektrische bleibt durt so lang steh, bis s' wieder in d'Stadt zruckfahrt."

„Wia lang brauchts denn bis eini auf Wean?" wollte einer wissen.

„O, dö fahrt gschwind. Kaum bist du eingstiegen, bist scho in Wean drin a. Und es kost gar net vül. Du muaßt dir a Kartn kaufen, dö zwickt dir da Kondukteur ein. In jedn Wagn is aner, und vurn is a aner, der die Tramway führt. Alle zwa ham a Uniform an, dö is so ähnlich wia dö von an Wachmann. Aber Sabl habn's kan. Dafür hat der Kondukteur a Ledertaschn umghängt, do hat er dö Fahrkarten und dös Geld drin."

Diese Auskünfte gab uns der Domes Karl. Sein Onkel war Kutscher bei der Pferdebahn in Döbling gewesen und war dann zur elektrischen Straßenbahn übergewechselt. Von dem wußte Karl Bescheid. „Und zum Fahren brauchen sie einen Draht", kramte auch ich mein Wissen als ehemaliger Städter aus.

Bald kam die Zeit für uns, da wir nicht mehr zu fragen und auf Auskünfte zu warten brauchten. Das Geschehen rückte an uns heran, so daß wir dabei sein und zuschauen konnten. Die Drahtmaste wurden aufgestellt. Die wuchtigen Dinge gaben Anlaß zum Schauen und zu fachlichen Bemerkungen. „Wos manst, wia schwar so a Trumm is; zehn Männer kennans kaum dazahn. Und wie tiaf dös in d'Erden eini muaß, daß net umfallt und an daschlogt."

„Jo, dös muaß tiaf eini", bestätigte der Cerny Ferdl. „Aber wir brauchn vor unserm Haus kan Ständer; bei uns wird da

Draht am Haus festg'macht. Dö Straßenbahner war'n scho beim Vater und hob'n gfragt, obs derfen; und der Vater hat's erlaubt."

Bald löste sich die Frage für uns, wie weit die Straßenbahn in den Ort hineinfahren wird. Die letzten Masten wurden in der Kobenzlgasse aufgestellt, und der letzte Mauerhaken stak im Haus Kobenzlgasse 12. Dort, wo der Engpaß begann, links beim Künzhaus, war die Endstation. Aber nun kam erst der aufregendste Teil für uns: das Drahtspannen. Unter uns Buben fand sich immer ein Gelehrter beim Zuschauen, der alles wußte und uns Auskünfte und Erklärungen gab. „Jetzt beim Spannen derfst den Draht angreifn wiast wüllst, aber nacha, wann alls ferti ist, derfst eam nur in d'Näh kumma, bist es schon."

„Dann lassens erst die Kraft eini", erläuterte ein anderer. Wie denn die Kraft eigentlich wirkt und wo sie steckt, darüber zerbrachen wir uns vergeblich den Kopf, bis es ein Kluger herausbrachte. „Ma siacht ja, daß auf jedem Ständer der Blitz aufg'malt is. Der steckt jetzt im Draht drin und hat die Gwalt."

Aha, nun wußten wir's. Jetzt waren nur mehr die Schienen zu verlegen, zweigleisig natürlich, dann war's so weit. Der Tag und die Stunde wurde angegeben, an der der erste Straßenbahnzug in Grinzing eintreffen werde. Die Häuser des Unterörtels wurden beflaggt, Tafeln mit „Hoch die Straßenbahn" in die Fenster gestellt, und halb Grinzing wartete vor dem Cernygasthaus auf die Elektrische. Von dort aus konnte man nämlich weit in die Allee hineinsehen. Meine Mutter stand auch unter den Wartenden. Und der Tag wurde für mich in doppelter Hinsicht bemerkenswert: die Straßenbahn kam nach Grinzing, und ich bekam von meiner sonst so nachsichtigen Mutter eine kräftige Tachtel. Sie hatte mich zur Feier des Tages herausgeputzt. Als ich aber dann unter den Feiernden erschien, war ich derart schmutzig und verschmiert, daß sie sich meiner schämte. Die Elektrische kam laut klingelnd, mit Laub und Fähnchen geschmückt, die Grinzinger Allee daher.

Die Leute jubelten und winkten. Der Wagenzug fuhr in weitem Bogen in den Ort hinein, nach dem er ungehindert die nunmehr erweiterte Lücke passiert hatte. Begrüßt von einer Schrammelkapelle, fuhr er zur Endstation und machte Halt. Die Uniformmänner wurden umhätschelt, und es gab natürlich einen ausgiebigen Willkommentrunk. Wie sollte es denn auch anders sein in Grinzing! Es war ein großer Tag für unseren Ort. Und groß war die Überraschung für nicht wenige Wiener, die aus Neugier die neue Strecke benützten, an deren Ende sie den reizenden Ort vor sich liegen sahen.

An den folgenden Sonntagen waren die Straßen überflutet von Ausflüglern, die die neue Straßenbahnlinie hierher gelockt hatte. Karl und ich lagen am Fenster und betrachteten die Menschenmenge, die sich in der Enge unserer Gasse buchstäblich von einer Hauswand zur anderen dahindrängte. Wir waren stolz auf unser Grinzing, das nun bei so vielen Leuten Anklang gefunden hatte. Und wir nahmen es förmlich als persönliches Lob hin, wenn wir die heimziehenden Leute sagen hörten: „Bis jetzt hat ma gar net g'wußt, was in Wean für schöne Platzln gibt, aber jetzt wissen mir's und kommen allerweil wieder her."

## IM KRAPFENWALDL

Im Haus uns gegenüber wohnte mein Freund, der Obermann Pepi. Sein Vater war Briefträger in Grinzing. Er war ein Mann, der kaum einmal ein Wort redete, wenn es nicht nötig war. Sein Beruf schien ihm wenig Freude zu machen. Sehr bekümmert, den Kopf tief auf die Brust geneigt, ging er seines Weges. Man konnte ihn verstehen: ein Briefträger in Grinzing zur damaligen Zeit hatte es nicht leicht. Er war fast ständig unterwegs, denn er mußte zweimal im Tag die Post austragen. Das hätte er willig geschafft, wenn er sie nicht weiß Gott wie weit hinauf auf den Berg hätte tragen müssen. Und das bei Hitze und Kälte auf oft recht steilen und schlechten Wegen, wie etwa auf den Kobenzl, ins Krapfenwaldl, auf den Himmel. Und was war der Dank für seine Plage? Ein knapper Lohn, der für seine zahlreiche Familie kaum ausreichte. Da durfte man sich nicht wundern, wenn er dabei nicht froh in den Tag hineinblickte. Sein Trost war, daß er eine Frau hatte, die aus dem Wenigen, das er ihr für den Haushalt gab, das Möglichste herausholte. Und die darüber hinaus durch kleinere Dienstleistungen ein paar Kreuzer hinzuverdiente und damit die Familieneinkünfte vermehrte. Eine wahrhaft brave, tüchtige Frau. Mein Freund Pepi geriet seinem Vater keineswegs nach: er war immer ein lustiger, spaßiger Bub, den wir alle gut leiden mochten. Wir nannten ihn „Werkelmann", weil er die gleiche Schirmmütze trug, die auch der Werkelmann aufhatte, der öfters mit seinem Werkel nach Grinzing kam. Die gleiche Mütze war für uns Buben Grund genug, ihm diesen Spitznamen zu geben. In Grinzing gab es noch einen zweiten Obermann Pepi. Wenn wir nun „Werkelmann" sagten, wußte man gleich, wer von den beiden gemeint war. Also war der Name doch für etwas gut. Das Haus, in dem die Obermanns wohnten, gehörte der Brauerei St. Leopold in Grinzing. Im Unterstock des Gassentraktes war die Brauhausschank untergebracht, im Oberstock und im Seitentrakt wohnten die Angestellten der Brauerei. Dem Briefträger Obermann hatte man auch eine Wohnung für sich und seine Familie droben auf der Pawlatschen zugestanden. Wahrscheinlich wollte sich's Herr Bratmann, der Brauherr, gut mit der Post stellen. Er war derjenige in Grinzing, der sie am meisten brauchte.

Einmal rief mir der Pepi von der Pawlatschen herunter zu: „Heut laßt mei Mutter im Krapfenwaldl droben a Hutschen aufmachen. Kumm aufi mit dein' Bruder!"

„Wo kommt denn die Hutschen hin?" fragte ich.

„In Wald, hinterm Wirtshaus kommt's hin. Kummt's nur aufi, ös werd's sie scho finden!" Ins Krapfenwaldl laufen wegen einer Hutschen, überlegte ich. Ich war kein Freund vom Schaukeln. Wir hatten in unserem Garten Gelegenheit genug dazu. Aber ich vertrug es nicht, ich wurde dabei schwindlig. Einmal kam ich ganz grün und gelb im Gesicht vom Garten herunter, und der Magen ging mir gehörig über. Seitdem hutschte ich nicht mehr. Die Hutsche selbst reizte mich also nicht, aber daß sie im Krapfenwaldl war, machte sie mir interessant. „Vielleicht komm ich mit dem Karli nachmittag hinauf", sagte ich zum Schluß und fragte noch: „Muß man was zahlen fürs Hutschen?"

„Freili, zwa Kreuzer kosts; nehmts euch a Geld mit!"

Als Karli von der Schule kam, erzählte ich ihm von der Schaukel im Krapfenwaldl. Es war Samstag, wir hatten nachmittag schulfrei; von dieser Seite her gab es also keine Schwierigkeiten. Aber Karl stand damals ganz unter dem Einfluß seiner Karl-May-Bücher. Darum überlegte er eine gute Weile, als ich ihn fragte, ob wir ins Krapfenwaldl gehen sollten. Er war wohl nicht ganz mit sich im reinen, ob sich das Schaukeln mit seiner Westmannswürde vertrug. Dann aber meinte er großartig: „Mir ist nicht ums Schaukeln, aber ins Krapfenwaldl geh' ich ganz gern." Mutter hatte nichts dagegen, doch an der leidigen Aufgabenschreiberei kamen wir nicht vorbei. „Es versteht sich aber, daß ihr zuerst eure Aufgaben macht", sagte sie und ließ nicht mit sich handeln. Wir wollten sie am Abend oder am Sonntag machen, aber Mutter ließ nicht locker. „Erst die Arbeit, dann das Vergnügen", sagte sie, und dabei blieb es. Es fiel uns nicht leicht, unsere Gedanken von der Schaukel loszumachen und uns unserer Arbeit zuzuwenden. Aber es mußte eben sein. Wir hatten noch genug freie Zeit vor uns, als wir zum Tor hinausgingen. Eine Menge Leute kam von der Endstation die Straße herauf. Seit die Straßenbahn herführte, war Grinzing ein beliebter Ausflugsort geworden; besonders ins Krapfenwaldl gingen die Leute gern. Im Gasthaus Braunsteiner ging es jetzt an Wochentagen zu wie ehemals kaum an Sonn- und Feiertagen. In einer halben Stunde war man von Grinzing aus oben, saß im Waldschatten in guter Luft und trank gutes, frisches Grinzinger Bier. Im Garten war oftmals kein Platz mehr zu finden. Das konnte den Leuten das Krapfenwaldl nicht verleiden. Sie lagerten am Waldrand oder auf der Wiese, aßen ihr Mitgebrachtes und holten sich ihr Bier aus der Waldschank. Die gab das Getränk in braunen, irdenen Krügeln aus, in die die Aufschrift KRAPFENWALDL eingekratzt war. Die Leute nahmen sie gern als Andenken mit, gegen Bezahlung und auch oft ohne. Als wir unter der Schar der Ausflügler dem Krapfenwaldl zugingen, hatte Karl eine Erleuchtung: „Weißt du“, fragte er mich, „warum die Obermannin jetzt im Krapfenwaldl eine Schaukel aufmacht?“

„Nein, wie soll ich das wissen?“

„Weil jetzt so viele Leute heraufkommen. Wenn sie eine Schaukel sehen, kriegen sie Lust zum Hutschen, und die Frau macht ihr Geschäft.“

„Glaubst du, daß sie viel einnimmt?“

„O ja, wenn ein schöner Tag ist, wird genug Geld eingehen.“

„Da kriegt vielleicht der Pepi ein neues Kappel“, meinte ich froh.

„Na, das ist nicht so sicher.“ Karl zog überlegend seine Stirne kraus: „Die Schaukel kostet sicher viel Geld, und das muß sie zuerst bezahlen; das ist wichtiger als ein neues Kappel.“

Ja, das verstand ich. „Und dann“, tröstete ich mich, „ist es vielleicht besser, wenn der Pepi kein anderes Kappel kriegt, denn dann ist er kein Werkelmann mehr. Wir wüßten dann nicht, welcher Obermann Pepi gemeint ist, wenn wir von ihnen sprechen.“

„Na siehst du, was für ein Glück, daß er kein Kappel

kriegt", sagte Karli spöttisch. Über dieses Gespräch erreichten wir das Krapfenwaldl.

Ein Stückchen drinnen im Wald, hinter dem Gasthausgarten, hörten wir Rufen und Hämmern. Wir gingen auf die Stelle zu, und richtig! Da war auch schon die Schaukel.

„Na, habts glei' herg'funden?" begrüßte uns der Pepi. „Dös wird euch a Hutschen", sagte er stolz. „Schauts, der Hofmannschlosser macht grad die Eisenstange an dö zwa Bam fest, an der dö Hutschen festgmacht wird. In dö Haken, dö dran san, werden dö Hutschensträng mit dö Eisenring einghakelt."

Um zwei Bäume, die unten astfrei nicht weit voneinander abstanden, hatte der Schlosser zwei Eisenbänder gelegt, an denen die eiserne Tragstange befestigt wurde. „Dö halt für die Ewigkeit", sagte der Meister, als er damit fertig war. „Da brauchens ka Angst hab'n, Frau Obermann, daß die Stangen obifallt oder bricht."

„Na, i wills hoffen", sagte die Hutschenfrau und drohte scherzhaft mit der Faust, „sonst kumm i über Ihnen."

Nun wurde die Schaukel eingehängt: ein gepolstertes Sitzbrett mit einem Fußbänkchen und mit einer Rückenlehne. Vom Sitzbrett hing hinten ein fester Strick herunter, mit dem man die Schaukel in Schwung halten konnte. Zuerst setzte sich die Frau Obermann selbst einmal drauf. Sie war eine große, schwere Frau, und man hätte es der Eisenstange nicht übelnehmen können, wenn sie sich unter der Last gebogen hätte. Aber sie bog sich nicht, und auch die Eisenbänder an den Bäumen rührten sich nicht.

„Wann da Hofmannschlosser was macht, dann halts a", sagte der Meister stolz und nickte sich Beifall zu. Dann packte er sein Zeug zusammen und ging. Als Nächster kam natürlich der Pepi zum Schaukeln dran. Dann kamen nach der Reihe die Kinder, die schon die ganze Zeit mit den zwei Kreuzern in der Hand darauf gewartet hatten. Ich hatte wohl auch die zwei Kreuzer mit, aber ich wollte nicht schaukeln. Karl bezahlte sein Hutschengeld, doch nachher war ihm leid darum. Die Obermannin war eine vorsichtige Frau; sie ließ die Kinder nicht zu hoch ausschwingen. Aber Karl, der wagemutige Westmann, wollte doch hoch hinaus. Und weil er das nicht durfte, war er bös. „Da komm ich nimmer her", sagte er mürrisch, „die Hutscherei ist keine zwei Kreuzer wert, nicht einmal einen. Komm, wir gehen zum Ringelspiel hinüber!"

Das stand auf der Liegewiese neben dem Gasthaus. Es hatte da einen guten Platz, denn es gab reichlich Kundschaft unter den vielen Leuten, die auf der Wiese lagerten. Die schön lackierten Pferde und Wagen liefen wohl recht gemächlich im Kreis herum, kaum, daß sich das Ringelspiel richtig drehte. Aber es bewegte sich immerhin, und ein Kinderwerkel spielte dazu. Die Werkelfrau schaute beim Drehen hilfesuchend nach allen Richtungen aus. Als sie uns erblickte, Karl, mich und noch ein paar Buben, winkte sie uns lebhaft zu und deutete, daß wir uns beeilen sollten. Was hatte das zu bedeuten? fragten wir uns. Sie kannte uns nicht, und wir sie auch nicht; was wollte sie denn? Wir erfuhren es bald. Sie werkelte noch rasch ihr Lied zu Ende, lief auf ihre Renner los und bremste sie ab. Dann kam sie auf uns zu und rief: „Gott sei Dank, daß endlich a paar starke Buam kumma san. I bin zu allem allan und kann d'Arbeit net mehr damachen, weil heut so viele Leut kummen. I brauch a paar starke Buam, dö mas Ringelspül drahn. Wollts ma helfn, ös kriagts was dafür?" Freilich wollten wir helfen, und gern auch noch dazu. Das war doch einmal ein Geschäft für uns, das uns paßte. Wir stiegen eilfertig über eine Leiter in den Raum unter dem Dach hinauf. Dort liefen die Tragbalken zusammen, an denen Pferde und Wagen hingen. Die Frau schrie uns ihre Anweisungen nach: „Wann i' läut, dann fangts zum Antauchen an. Am Anfang geht's a bissl hart, aber wann dös G'spül amal rennt, dann draht sa si fast von allan. Wann's aufhören sollts, läut i wieder, do halt's dann dös Drahdiwaberl zruck. Und du, Klaner, kumm wieder abi, du bist no zklan zum Antauchen, du kannst dös Werkel drahn." Das war mir auch recht. Ich kam herunter und stellte mich zum Werkel. „Wißts jetzt alles?" fragte die Frau. „Dann fangen wir an!" Sie sammelte schnell das Fahrgeld ein, dann gab sie das Zeichen. Die Buben oben auf dem Ringelspiel begannen anzutauchen, und ich werkelte eifrig dazu. Die Kerle da oben brachten das Ringelspiel ganz schön in Schwung. Die Frau lächelte zufrieden; wir hatten ihr aus der Klemme geholfen. Jetzt brauchte sie nur noch zu läuten und das Geld einzusammeln. Wenn sie abläutete, hielten die Buben anfangs brav zurück, aber später setzten sie sich auf die Balken und ließen sich herumdrehen. So fuhren auch sie Ringelspiel, und es kostete nichts. Ich mußte auch spielen, wenn das Ringelspiel stand. „Das Werkel muaß die Leut anlockn", erklärte mir die Frau, „d'rum muaßt allerweil spielen." Aber wenn mir die Hände weh taten, dann durfte ich eine Pause machen, dann spielte die Frau selbst. Als es gegen Abend ging, leerte sich die Wiese allmählich. Zum Ringelspiel kamen nur noch wenig Leute. Die längste Zeit stand es still, und uns wurde langweilig. Endlich sagte die Frau: „Jetzt kommt eh neamt mehr, machn am Feierabend. Kummts abi, Buam; brav habts g'arbeit, und i dank euch schön. Und da habts a Kleinigkeit für euchere Arbeit!" Sie griff in ihre Umhängetasche und wollte jedem Antaucher ein paar Kreuzer geben. Aber die Buben hatten da droben im Gebälk ihr Vergnügen gehabt und nahmen nichts. „Und du, Klaner", wendete sie sich an mich, „du wirst do was nehmen für dei' fleißiges Werkelspüln, net?" und sie gab mir zwei Kreuzer; ich nahm sie. Zwei Kreuzer hatte ich gespart, weil ich nicht auf die Hutsche gegangen war, jetzt kamen noch zwei Kreuzer dazu. Das war ein Haufen Geld, und ich überlegte am Heimweg, was ich mir darum kaufen werde. Aber vorläufig wollte ich nichts davon ausgeben; ich wollte zuerst hören, was Mutter sagt,wenn ich mit so viel Geld nach Hause komme.

## DER GRINZINGER UMGANG

Die Hauerleute in Grinzing waren ein fleißiges Völkchen. Ihr Tagewerk begann mit Sonnenaufgang und dauerte bis spät in den Abend hinein. Grad wenn die Knödelglocke elf Uhr läutete, gönnten sie sich eine Stunde für die Mittagsmahlzeit. Aber um zwölf gingen sie, schier mit dem letzten Bissen noch im Mund, wieder in den Weingarten hinaus. Die Zeit war kostbar, in der man arbeiten konnte. In der Regenzeit konnte man draußen nichts machen. Das Unkraut wuchs, und der Hauer mußte zuschauen, wie ihm das unnütze Zeug die Kraft und den Saft aus dem Boden sog. Die Arbeit im Weingarten war schwer, aber sie wurde den Leuten nicht zu viel, wenn sie den richtigen Lohn fand: wenn die Blütezeit gut vorüberging, die Stöcke ordentlich ansetzten und eine gute Lese versprachen. Aber mit der Arbeit allein war es nicht getan. Das wußte der Hauer recht gut. Er brauchte auch den Segen Gottes. Darum stellte er sich mit seinem Herrgott gut. Er ging brav an Sonntagen in die Heilige Messe. Doch das schien ihm nicht genug. Er wollte Gott seine besondere Dankbarkeit und Liebe bezeigen, und das machte er am Fronleichnamsfest. Das ist das Fest, an dem der Herr aus seinem Haus heraustritt und unter seine Leute geht, bei Sonnenschein und unter blauem Himmel. Darum feierten die Grinzinger den Umgangssonntag mit aller Liebe, mit Freude und Glanz. Andere Orte feierten ihr Kirchweihfest, ein Fest der Freude darüber, daß der Herr unter ihnen wohnt. Für die Grinzinger aber war der Umgangssonntag der Fest- und Freudentag des Jahres. Aber nicht nur für sie allein! Von nah und fern kamen die Leute her: ehemalige Ortsbewohner, Sommerfrischler, Heurigengäste, kurz alle guten Freunde des Ortes, um das Fest mitzufeiern. Damit wurde es zugleich auch zu einem Fest der Freundschaft, der Gastlichkeit, der Gemütlichkeit.

Das Fest wurde immer sorgsam und liebevoll vorbereitet. Am Umgangstag mußten die Glocken klingen, und es mußte auch krachen. Das gehörte zu einer richtigen Feier. Die Schützen, altgediente Kanoniere, suchten den besten Platz für ihre Böller aus. Der war dort, von wo aus der Donner richtig über den Ort dahinrollte und darüber hinaus noch in der Nachbarschaft zu hören war, in Sievering, in Heiligenstadt. Schon am Samstag fingen sie zu böllern an und sorgten so schon für Feierstimmung. Auch der Schmuck der Hauswände mit frischen Buchenreisern begann schon am Vorabend, die Gerüste für die Altäre wurden aufgestellt, und die Standler kamen und boten alt und jung ihren Kram an. Bei all dem waren natürlich wir Buben dabei; wir wollten uns vom Anfang bis zum Ende des Festes nichts entgehen lassen. Nur von den Schießplätzen wurden wir wohlweislich ferngehalten, von dort, wo uns unsere Neugier vor allem hingetrieben hätte. Die meisten Mädchen aber blieben schön daheim, denn sie hatten mit ihrem Putz allerlei zu tun. Auch hatte ihnen die Mutter zumeist schon für den kommenden Tag die „Wuckerln“ gedreht, und es war nicht ratsam, damit vorzeitig auf die Straße zu gehen. Man durfte den Buben nicht trauen: die waren alles imstand und fuhren den Mädchen mit dem Ruf „Schneckerlmadam! Schneckerlmadam!“ in die Locken — und mit der mühsam geschaffenen Haarpracht war es aus. Was nützte dann das schönste weiße Kleid, wozu taugten die weißen Schuhe und Strümpfe, wenn die Haare nicht in Ordnung waren! Da war es am sichersten, man blieb zu Hause. Am Abend zog die Musik ein mit Pauken und Trompeten, und die Männer spielten in den engen Gassen, daß die Fenster klirrten. Aber so war es recht: die Musik mußte bis in den letzten Winkel des Ortes zu hören sein; das machte Stimmung. Die Bläser und Trommler blieben nicht lange; nicht einmal zu einem schnellen Schoppen. Zeitig am nächsten Morgen mußten sie wieder da sein, um die Leute mit ihrem Weckruf aus den Federn zu holen.

Am Umgangsmorgen war noch eine Menge zu tun. Da und dort war noch eine Lücke in der grünen Hauswand, die ausgefüllt werden mußte, Vasen mit Blumen waren in die Fenster

Fronleichnamsprozession in der Himmelstraße (1891).

zu stellen, und den Heiligen unter Glas und Rahmen mußte ein Platz zum Zuschauen eingeräumt werden. Der Rasen des Gartens wurde noch rasch gemäht und das frisch duftende Gras auf die Straße gestreut. Zu all dem krachten schon die Böller und holten die letzten Schläfer aus den Betten heraus. Die Straßen füllten sich allmählich mit Leuten, die sich einen guten Platz zum Zusehen sichern wollten. Die Straßenbahn beeilte sich, die vielen Gäste herbeizuschaffen, ehe ihr noch die Prozession und die Zuschauermenge den Fahrweg versperrte.

Die Feuerwehr rückte in Gala an. Stramm kamen sie daher, unsere braven Hauerburschen. Sie waren erfüllt von dem Bewußtsein, daß sie einen Hauptaufputz in der Prozession bildeten. Ihr Hauptmann, der Lier von der Mannagettagasse, verstand sein Fach. Sein Kommando war klar und verständlich, wenn er befahl: „Rückwärts marsch! Mit dem Arsch an d'Mauer wia vurigs Jahr!" gab es kein Mißverstehen. Und nun kam die Hauptsache für uns Buben: das Militär rückte an, stramm und fesch mit Eichenlaub auf den Mützen. Und die Gewehre hatten sie mit. Das war für uns immer die brennende Frage, eh sie da waren: Haben sie die Gewehre mit und werden sie schießen? Sie kamen immer mit ihren Gewehren, aber, fürchteten wir, es konnte doch einmal sein, daß sie ohne kamen. Bewundernd betrachteten wir sie, wenn sie stramm niederknieten, sobald der Pfarrer mit dem Allerheiligsten den Segen gab. Vor dem Schießen hatten wir Kleinen ein wenig Angst. Aber wir gestanden uns das selbst nie ein und ließen uns nichts davon anmerken. Das wäre eine Schande gewesen. Die Mädchen, ja, die durften sich die Ohren zuhalten und ängstlich dreinschauen, wenn der Offizier den Feuerbefehl gab. Aber wir Buben! Wir sollten doch selbst Soldaten werden und mit Gewehren schießen. D'rum zeigten wir Gleichmut und lächelten mitleidig über die schreckhaften Frauen und Mädchen. Nach dem Schießen balgten wir uns um die leeren Patronenhülsen. Wer eine oder gar mehrere ergatterte, war ein Glückspilz, der beneidet wurde. Wir wußten zwar nichts Rechtes damit anzufangen, der Besitz allein machte uns glücklich.

Die weißen Mädchen kamen angerückt, mit strahlendem Gesicht und mit erwartungsvollem Lächeln. Die Mutter hatte ihr Kind ja so schön gemacht. Jetzt stand sie voll Stolz unter den Zuschauern und rief ihrem weißen Engelchen letzte Anweisungen zu. Die weiße Schar wurde ins Pfarrhaus geführt und in Gruppen eingeteilt: in Trägerinnen von Polstern mit langen Bändern, die von den Kleinsten gehalten wurden, in solche, die Blumenkörbchen trugen, in Schnitterinnen und Winzerinnen, mit Blumen- und Obstkörbchen in ihren Händen; in die Rosenkönigin mit ihrem Gefolge. Zwei Kraftburschen, der Mayer Hans und der Lier Pepi, festlich gekleidet und mit gebranntem Haarschopf, trugen die schweren Kirchenfahnen und stellten sich an die Spitze des Zuges. Der setzte sich in Bewegung, sobald der Herr Pfarrer unter dem Himmel, das

Allerheiligste in Händen, aus der Kirche geschritten kam. Es war ein schier endloser Zug, der da die Straße entlangzog. Kopf an Kopf standen die Leute an den Straßenseiten, und immer mehr schlossen sich dem Zug an.

Der Fronleichnamssonntag in Grinzing war ein Tag der Andacht und der Freude für alle, nicht zuletzt für uns Kinder. Ein Umgang aber, es dürfte der des Jahres 1904 gewesen sein, brachte mich auf den Gipfelpunkt des Glücks: ich machte ihn als Ministrant mit. In rotem Kirchenrock, weißem Chorhemd und rotem Schulterkragen durfte ich neben dem Herrn Pfarrer unter dem Himmel gehen. Ich trug das Weihrauchschiffchen und mußte die Räucherpfanne mit neuem Stoff versorgen, sobald die Rauchschwaden dünn wurden. Das Weihrauchfaß schwang der Hofmann Franz, der älteste von uns Kirchenbuben. Er mußte dabei nach rückwärts gehen, mit dem Gesicht zum Allerheiligsten. Das war ein Amt, um das ihn nicht nur wir Kirchenbuben beneideten, sondern das auch von andern bestaunt und begehrt war. Es gehörte aber auch nicht wenig Geschicklichkeit dazu, stundenlang verkehrt zu gehen, ohne auf dem niedergetretenen, rutschigen Gras auszugleiten und dazuliegen. Wenn die Pfanne mit ihrem Rauch nachließ, gab mir der Franz ein Zeichen, und ich füllte Weihrauch nach. Sehr beschäftigt war ich damit nicht. Die anderen Ministranten hatten viel mehr zu tun: der Mandl Hans und der Reb Otto läuteten fortwährend mit den Kirchenschellen gilinginging-galangangang, das waren ebenfalls begehrte Ämter. Aber meine spärliche Tätigkeit bot mir dafür reichlich Gelegenheit, mich an meinen Herrgott zu wenden. So dankte ich ihm dafür, daß er meine Bitte am Vortag erhört und schönes Wetter hatte werden lassen. Es wäre mein größter Kummer gewesen, wenn es den Umgang verregnet hätte. Das war mir und vielen andern zum Glück erspart geblieben. Ich glaubte fest daran, daß mein Gebet eine besondere Kraft habe, jetzt, da ich neben dem Herrgott einherging, ihm so nahe war. Er weiß alles, und da wußte er sicherlich auch, wie dankbar ich ihm war, daß er meinen Wunsch erfüllt hatte und mich Ministrant werden ließ. Daß ich das schöne Meßkleid tragen und meine Dienste bei der Messe verrichten durfte. Wie gerne holte ich doch die zwei Kännchen mit Wasser und Wein und reichte sie dem Herrn Pfarrer dar. Das war eine große Ehre; ich durfte es jetzt nur ausnahmsweise machen, das war nach der Ordnung nur dem Hofmann und dem Reb vorbehalten. Aber die kommen im Herbst ins Gymnasium, tröstete ich mich. Dann können sie nicht mehr ministrieren, und ich rücke an ihre Stelle. Ich darf dann beim Altar tun, was ich jetzt schon gern täte. Aber ich bin auch schon dafür dankbar, betete ich, daß im manchmal nach der Messe die Kerzen auf dem Altar löschen darf. Und die Holzkohle für die Rauchpfanne zum Glühen bringen, das mache ich allein und gerne. Mit frohem Herzen überschlug ich all die Herrlichkeiten, die sich mir als Ministranten boten: Wenn nachmittags eine Bestattung war, durften wir Meßbuben dem Unterricht fernbleiben. Oder aber wir durften schon um drei Uhr fortgehen, während die andern bis vier brummen mußten. Außer den Läuterbuben; die durften auch mit uns gehen. Obwohl uns der Tote leid tat, hinter dessen Sarg wir schritten, waren wir doch immer auch voll Freude über die schulfreien Stunden. Bei einem Leichenbegängnis hatten wir schwarze Röcke und Schulterkragen. Im Winter setzten wir dazu schwarze Käppchen auf. Das waren alles Dinge für uns, die uns Freude machten, und ich war so erfüllt davon, daß ich fast meinen Bruder übersehen hätte. Er hatte sich einen Platz ganz vorne am Straßenrand erobert, und da stand er nun mit seiner ersten langen Hose. Als der „Himmel“ an ihm vorbeizog, nahm er sein Taschentuch heraus und kniete darauf nieder. Ein Auge schlug er dabei zu Boden, mit dem anderen zwinkerte er mir zu. Ich hätte gern zurückgezwinkert, traute mich aber nicht. Es wäre unpassend gewesen für einen Ministranten unterm Himmel.

Der Tag war strahlend, die Sonne meinte es gut; zu gut für uns Buben in den warmen Kleidern. Ich war froh, daß ich darunter außer der Hose nur ein Ruderleibchen trug. Mutter hatte wieder einmal recht behalten; unter einer Jacke wäre mir zu warm geworden. Besonders auf dem Weg ins Unterörtl; da schien mir die Sonne direkt ins Gesicht. Sie erreichte mich unter dem Himmel gerade noch im Gesicht. Dem Herrn Pfarrer schien sie nur auf die Beine und den Bauch. Das war ein Glück für ihn, denn mehr hätte er gar nicht ausgehalten in seinem schweren Meßkleid. Im Unterörtl auf dem Platz war der letzte Altar, dann ging es zurück in die Kirche. Bei aller Liebe zum Ministrantenkleid war ich doch sehr froh, als ich es ablegen und frank und frei im Ruderleiberl zu den Kameraden auf den Platz eilen konnte. Einige machten gar keine freundlichen Gesichter, als ich zu ihnen kam. Und einer meinte: „Du brauchst dir net z'vül einbilden, daß du a Ministrant bist."

„Das tu ich eh net", sagte ich. Aber insgeheim bildete ich mir doch eine ganze Menge ein.

## AM POINTENBACH

Der Pointenbach kommt vom Kobenzl herunter, wie auch der Nestl- oder Grinzingerbach. Aber während sich dieser in der Kobenzlgasse recht bemerkbar und breit macht, läuft der Pointenbach scheu und versteckt am Rand des Ortes dahin. Wer nicht weiß, wo er ist, findet ihn gar nicht so leicht. Denn an der engen Lücke zwischen zwei Häusern in der Himmelstraße, die zum Bach führt, geht man achtlos vorüber. Und von der Kobenzlgasse führt ebenfalls nur ein kaum beachtetes Gäßchen, das nicht einmal einen Namen trägt, zu unserem Freund. So verbleibt der Bach in Grinzing herunten in der Einschicht, wie er es an seinem oberen Ende tut. Sein Quellgebiet sind die feuchten Wiesen zwischen Himmel und Kobenzl. An seinem linken Ufer läuft ein schmaler Weg von Grinzing herauf, den meist nur die Hauer benützen, die zu ihren Grundstücken gehen; Fremde sieht

GRINZING um 1900. Aquarell von Ferdinand Weckbrodt.

man da kaum einmal. Auch gibt es keine Häuser da und keine Leute. Der Winkel liegt so da, wie er schon vor Jahrhunderten dagelegen sein mag. Uralte Grenzsteine erzählen davon, daß hier schon vor Jahrhunderten Wein gebaut und geerntet wurde. Grinzinger! Der Hang vom Reisenberg her gegen den Bach trägt gute Weingründe. Der Boden ist fruchtbar und die Lage günstig. Die Sonne legt sich von früh bis abend tüchtig ins Rebgelände hinein. So wünscht es sich der Weinhauer, und so wünscht es sich der Gast, der gerne einen guten Grinzinger trinkt. Daß der Weg so wenig bekannt und begangen wird, ist den Grundbesitzern lieb: er läuft durch ein weites, ungeschütztes Weingebiet, in dem man Fremde nicht gern leidet. So braucht man keinen Schutzzaun für seinen Besitz zu errichten und kann unbesorgt seiner schweren Arbeit nachgehen. Dort, wo die Hänge besonders steil herunterfallen, oben beim Kobenzl, ist sie besonders mühsam und beschwerlich: der Regen schwemmt das kostbare Erdreich zu Tal, und es muß wieder bergwärts geschleppt werden.

Wenn nicht gerade Regenzeit ist, führt der Bach wenig Wasser. Er hätte wahrscheinlich mehr, wenn nicht das Brauhaus Grinzing das Quellgebiet für seine Zwecke angezapft hätte. Obwohl der Betrieb schon mit Hochquellenwasser arbeitet, bezieht er doch noch immer zusätzlich Wasser vom Berg. Es läuft ihm in einer offenen Rohrleitung am rechten Bachufer zu.

So stand es also mit dem Pointenbach damals, als wir den einsamen, verborgenen Winkel als einen Spielplatz betrachteten, wir wir ihn uns wünschten. Die Rohrleitung übte großen Reiz auf uns aus. Wir wußten zwar nicht viel damit anzufangen, aber das geheimnisvolle Rauschen in den Rohren erweckte in uns Vorstellungen, aufregend und abenteuerlich, wie sie uns die Indianerbücheln vermittelten. Anfangs beschäftigte uns auch die Frage, ob darin Fische sein könnten. Davon kamen wir aber bald ab, als einer von uns überzeugend darlegte: „Können jo kane drin sei, dö darstößerten si jo."

Wir mußten ihm recht geben. Also Fische waren nicht drin, „ober Frösch und Krotn kunntn scho drin sein", gab ein anderer zu bedenken. Da kam er aber dem Braumeisterbuben zurecht, der auch bei uns war. „Du Depp!" entrüstete sich der, „glaubst, wir brauen dös Bier mit Krot'nwasser?" Wenn also auch keine Kröten und Frösche drin waren, mußte uns das reine Wasser genügen und sein Rauschen, das manchmal nur zu hören war, wenn wir das Ohr ans Rohr legten.

Was uns Buben recht war: die Einsamkeit, die Stille, die Unberührtheit, schien auch verschiedenen Tieren zu gefallen. Hier gab es diese Tiere noch, die anderswo nicht mehr zu sehen waren. Da war der sogenannte Krauthahn; die Smaragdeidechse führte hier noch ein verborgenes Dasein. Ihr Schlupfwinkel war ein kleines, halb zerfallenes Steinbrückel, wo die Sonne den ganzen Tag hinbrannte. Dieses Tier hatte es uns angetan; wir wollten es unbedingt fangen. Jemand hatte uns einmal gesagt, daß man dafür vom Tierhändler mindestens zehn Gulden bekommt, und die wollten wir uns verdienen. Aber das Tier war so scheu: es schlüpfte bei unserem Herannahen davon und war nicht mehr zu sehen. Wir versuchten es immer wieder, lauerten ihm auf, aber er kam nicht wieder, und wir verloren die Geduld. Ähnlich erging es uns mit einer Gottesanbeterin, die einer von uns gesehen haben wollte. Auch für sie, hieß es, bekommt man viel Geld. Aber die bekamen wir überhaupt nie zu Gesicht. So ließen wir schließlich unsere Jagden sein und begaben uns an eine Stelle, wo wir sicher unsere Lust und unsere Freude fanden: in die verwilderten Weingärten.

Gegen Ende des vorigen Jahrhunderts traf die Weinbauern in Wien und in vielen anderen Weingebieten ein großes Mißgeschick. Die Weinstöcke wurden von der Reblaus befallen und zum Großteil vernichtet. Das Ungeziefer war von einem Lehrer an der Obst- und Weinbauschule eingeschleppt

Ludwig Höbarts Gasthaus „Zum Beethoven" in der Grinzinger Straße (1911).

worden. Der wollte sich die hohe Belohnung verdienen, die Frankreich für die Auffindung eines wirksamen Bekämpfungsmittels dieses Schädlings ausgeschrieben hatte. In Frankreich wütete die Reblaus schon längere Zeit, und der Gelehrte ließ sich von dort verlauste Reben kommen, um daran seine Studien zu machen. So erzählte man in Grinzing. Durch Unachtsamkeit gelangten die Läuse auf die hiesigen Reben und vermehrten sich ins Ungemessene. Die Weinhauer standen dem Unheil hilflos gegenüber. Die Stöcke mußten ausgegraben und verbrannt werden. Setzlinge wurden, wie sie in den Boden kamen, von Läusen befallen! Schließlich wurde man doch dem Unglück Herr: man nahm als Unterlage amerikanische Wildreben, die von den Läusen gemieden wurden, und propfte die hiesigen Reben darauf. Die Veredlung der amerikanischen Wildrebe durch Edelreben brachte die Lösung. Aber bis dahin gingen viele Weingärten zugrunde. In manchen wurde die Arbeit und Pflege nicht wieder aufgenommen, und die Gründe verwilderten und verrotteten. Solche gab es zu unseren Zeiten noch am oberen Pointenbach. Auch das Bachstück, an dem sie lagen, war verwildert; das Bachbett und die Ränder waren von Bäumen, Strauchwerk und Kletterpflanzen überwachsen. Da machten wir nun unsere Entdeckungsfahrten. Wenn wir uns barfuß im Wasser watend einen Weg durch den Dschungel bahnten, war es uns, als wären wir am Amazonas oder Orinoko. Dort konnte es auch nicht anders sein, grad daß es hier keine Krokodile und Affen gab. Aber das dämmrige Dunkel, das hier herrschte, die Baumleichen mit langen Moosbärten, schaurige Klüfte in den Bachhängen, das alles wirkte auf unsere Einbildungskraft, und wir wähnten uns eben auf Entdeckungsfahrt in der Wildnis. Auf einem dieser Gänge kamen wir an einen Platz, der unser besonderes Interesse erweckte. Es gab da ein Loch in der Uferböschung, das dicht mit Gezweig und Wurzelgeflecht überhangen war. Wir dachten sogleich an Räuber oder Schmuggler, die hier ihren Schlupfwinkel haben könnten, und untersuchten die Umgebung nach Gegenständen, die auf solche Insassen hinweisen könnten: Messer oder Revolver. Aber wir fanden nichts dergleichen. Also hielten sich darin wohl keine Menschen auf. Aber ein Tier konnte da hausen. Sicherlich lebt ein Tier darin, meinten wir schließlich, und wir beschlossen, der Sache auf den Grund zu gehen. Aber was für ein Tier konnte es nur sein, das da in einer Höhle wohnte? Unsere hochgespannte Phantasie verlangte nach etwas Besonderem, nach einem im Dunkel lebenden Tier, das unserem Verlangen nach Seltsamkeit und Geheimnisvollem entsprach. Und da wurde in unseren Köpfen ein Tier geboren, das diesen Ansprüchen Genüge tat: ein Erdadler. Karli war der erste, der diese Vermutung aussprach, und wir alle waren überzeugt, daß es richtig war: nur ein Erdadler konnte da drinnen hausen! Ein Hellhöriger vernahm sogar ein Klappern aus dem Finstern heraus; wie Schnabelklappern hörte es sich an. Was war da nun zu tun? Eine kleine Schotterbank hatte sich etwas unterhalb des Loches gebildet, dort hielten wir Beratung ab. Man mußte mit Verstand und Überlegung zu Werke gehen. Ich war wie gewöhnlich der Jüngste und Kleinste in der Versammlung: Ein nicht immer erwünschtes Anhängsel meines Bruders, wenn er zu seinen Freunden ging. Aber Mutter wollte, daß ich mit ihm ginge. Und so kam es, daß ich mich meist in Gesellschaft von Buben befand, die älter und größer waren als ich. Das machte mich recht stolz, aber manchmal fühlte ich mich doch nicht wohl unter ihnen; es waren Buben dabei, die noch älter und größer als Karli waren. Gleich jetzt mit dem Erdadler war mir nicht recht behaglich. Von Adlern hatte ich schon gehört: nichts Gutes! Einmal soll so ein Vogel ein kleines Kind fortgetragen haben. Wenn nun schon ein gewöhnlicher Adler so gefährlich war, wie gefährlich mußte dann erst ein Erdadler sein, der in einem grauslichen finsteren Loch wohnte! Es stand für die Buben fest: das Loch mußte auf alle Fälle erforscht werden. Aber wie sollte man das machen; man hatte kein Licht und keine Waffe mit! Und waffenlos ins Dunkel eindringen? Keiner meldete sich freiwillig dazu, darum sollte das Los entscheiden. Es fiel auf Karl, und er mußte die gefahrvolle Tat unternehmen, wenn er nicht als Feigling gelten sollte. Ich hatte große Angst um meinen Bruder. Wenn ihm nun das Tier ein Auge aushackt oder ihn beim Schopf in die Höhle hineinzieht! Weiß Gott, wie groß und stark so ein Erdadler ist! Ich blickte ratlos um mich, da fiel mein Blick auf einen Stock im Gebüsch, den der Bach angeschwemmt hatte. Und da kam mir ein erlösender Gedanke. „Schaut's her!" rief ich, „da im Gebüsch liegt ein Weinstecken; stierln wir damit im Loch herum und warten wir, was geschieht!" Es war den Großen nicht recht, daß sie nicht selbst auf dieses Mittel verfallen waren, sondern ich als Kleinster und Jüngster. Aber schließlich gaben sie mir doch recht. Karl, der die Höhle erforschen sollte, holte den Stock, und wir gingen allesamt zum Loch. Mit unbewegtem Gesicht, wie sich das für einen richtigen Abenteurer gehört, stieß mein Bruder den Stecken durch Gestrüpp und Wurzelwerk ins Loch hinein. Er kam nicht tief damit, kaum einen halben Meter. Mit größter Spannung verfolgten wir seine Arbeit. Aber sosehr er sich auch anstrengte, der Stock ging nicht tiefer. „Vielleicht führt das Loch nach der Seite hin“, sagte Karli und stocherte mit dem Stock seitwärts. Aber auch da fühlte er nur festes Erdreich. Kein Laut kam aus der Höhle, und auch kein Tier fuhr auf uns heraus.

Da warf Karli kurz entschlossen den Stecken weg und griff mit bloßen Händen zu. Er riß das Kraut- und Wurzelwerk mit den daran haftenden Erdbrocken aus, und ein paar Buben bekamen jetzt Mut und halfen ihm dabei. Im Nu war die Öffnung bloßgelegt, und nun sagten uns die Augen, was uns auch schon der Stock gesagt hatte: das Loch war leer und auch nicht tief; mit ausgestrecktem Arm konnte man das Ende erreichen. Das war eine Enttäuschung! Wir räumten ungesäumt den Ort so großer Hoffnungen und setzten etwas kleinlaut unseren Erkundigungsgang im Bachbett fort. Aber unser Spaßvogel, der Maxer Edi, sorgte dafür, daß wir bald unsere gute Laune wiederfanden. „Do schauts auf'm Bam aufi!“ rief er und zeigte auf eine Amsel, „do sitzt der Erdadler.“ Da lachten wir weidlich: über ihn und auch über uns selber. Beim Schwarzabrünndl endete unsere Fahrt. Sie hatte uns Spaß und Freude gemacht, auch ohne Begegnung mit dem Erdadler. Vom Brünndl aus läuft der Bach gesittet zwischen gerodeten Ufern dahin und leistet den Grundbesitzern wertvolle Dienste. Er bewässert ihnen Gras und Obstbäume, liefert Wasser für ihre Vitriolspritzen und macht ihnen das Bandelstroh, das sie hier einwässern, zäh und geschmeidig. So bringt unser Freund den Großen

Nutzen in seiner Gezähmtheit, uns Buben aber brachte er in seiner prächtigen Wildheit Lust und Freude. Fürwahr ein liebenswerter Bach!

## DER KOBENZL

Uns Buben zog es immer wieder zum Schloß hin. Es gefiel uns mit seiner prächtigen Fassade und den großen spiegelnden Fenstern. Aber es war eher Neugier als Schaulust, die uns anzog, denn niemals ließ sich ein Mensch darin blicken, und kein Laut, keine menschliche Stimme drang aus dem Schloß. Tot und einsam lag es da vor dem Hintergrund des dunklen Bergwaldes. Es versteht sich, daß wir hinein wollten, um nachzuschauen, wie es drinnen aussah. Es kam uns vor wie ein Schloß in der Sage, das außen schön und anziehend, im Innern aber voll Geheimnissen und Absonderlichkeiten steckt. Aber wir kamen niemals hinein: Türen und Fenster waren fest verschlossen, und es fand sich auch nicht der kleinste Zuschlupf für uns vor, durch den wir hätten eindringen können. Die Schlüssel hatte der Meiereiverwalter in Verwahrung, und der kannte wohl die Neugier und den Vorwitz von uns Buben und war auf der Hut. Uns blieb nichts anderes übrig, als im Umkreis herumzusuchen, ob sich vielleicht da etwas vorfände, das uns einen Hinweis dafür geben könnte, wie's im Schloßinnern aussieht. Nun, etwas Absonderliches fand sich bald: in dem mit einer Marmorbalustrade eingefaßten Parterre vor dem Schloß erhob sich ein Denkmal für — einen Hund. Das zusammenbrechende Tier aus Stein lag auf einem Sockel, auf dem die Worte standen: „Mein einziger Freund". Wir hatten schon im Dorf unten davon reden gehört. Der Hund, Liebling des letzten Schloßherrn, war beim Herumstreunen im Wald von einem Heger erschossen worden. Man erzählte auch, daß es der Heger aus Haß gegen den hartherzigen Schloßherrn getan hatte, der Holzsammler und Kräutersucher mit der Peitsche aus seinem Wald vertrieb. Baron Sothen, so hieß der Mann, war deshalb bei den Leuten in weitem Umkreis höchst unbeliebt. So erzählten die Alten in Grinzing. Anders stand es um einen früheren Schloßherrn, den Zauberer vom Kobenzl. So nannten die Leute in den umliegenden Dörfern den Baron von Reichenbach, einen bekannten Gelehrten, der die Odstrahlen entdeckt hatte; so erfuhren wir in späteren Jahren. Ihm brachten die Grinzinger Ehrfurcht und Hochachtung entgegen und nannten ihn Zauberer, weil sich bei seinen Experimenten gar oft Erscheinungen zeigten, die sich die biederen Landleute nicht erklären konnten. Der Baron war auch ein Gartenfreund und Liebhaber seltener Gewächse, dies ich bei unserem Herumstöbern zum Teil noch vorfanden. Ich erinnere mich an einen himmelhohen exotischen Baum vor dem Waldsteig, der zum Schloß führt. Und auch an den Baum mit tulpenartigen Blüten, der mitten unter den Waldbäumen in der Nähe des Teiches stand. Wir nannten ihn Tulpenbaum und holten uns alljährlich einen tüchtigen Strauß, wenn er in Blüte stand. Wichtiger aber als er waren uns die Kastanienbäume, die zwischen Schloß und Meierei wuchsen: ein nicht allzu großer Baumbestand von echten Edelkastanien; die trugen wohl Früchte, aber sie waren recht klein. Dennoch schmeckten sie uns Kindern gut. Aber auf die Kastanien waren die Leute der Meierei sehr heikel. Und der Heger, dem das Waldstück unterstand, paßte scharf auf, wenn er einen Kindertrupp herannahmen sah. Er war bei uns Buben als ein ganz Wilder verschrien, der mit Schweinsborsten auf Kastaniendiebe schoß. Nun, auf uns hat er niemals geschossen. Aber das Gerücht machte uns vorsichtig: Wir besorgten uns doch lieber die Maroni beim Brater.

Am liebsten hielten wir uns auf dem Kobenzl an den Teichen auf; es gab deren zwei. Der größere der beiden hatte ein ausgemauertes Becken und eine nette kleine Insel in der Mitte. Er bekam sein Wasser vom Grinzinger Bach, der mitunter recht spärlich floß. Darum war der Teich nicht sauber genug zum

Baden, aber es genügte uns, wenn wir mit aufgekrempelten Hosen darin herumplantschen konnten. Der kleine Teich war ganz versumpft, aber sehr tief; in ihn wagten wir uns nicht hinein. Er habe einmal einen Reiter samt seinem Roß verschlungen, erzählte man sich. Die Teiche lagen in prachtvoller Waldeinsamkeit da. Die Wege, die einstmals zu ihnen führten, waren dicht verwachsen; man mußte sich durch Gestrüpp und Dickicht arbeiten. Darum kam außer uns Buben kaum jemand hin, um so mehr, als der ganze Kobenzl sehr wenig besucht wurde, weil keine direkte Straße zu ihm führte. Sah man von dem Karrenweg ab, der von Grinzing über den Reisenberg hinaufführte, konnten Wagen nur über das Krapfenwaldl oder über den Himmel den Kobenzl erreichen. Das war also der richtige Platz für uns Buben: Ungesehen und ungestört konnten wir dort unseren abenteuerlichen Gelüsten nachkommen. Wir machten Lagerfeuer, bauten Zelte aus Zweigen und die Insel zur Festung aus, zum Schutz gegen Seeräuber, die mit einem Floß herangerückt kamen. Unweit des Teiches, dort, wo der Grinzinger Bach den Wald verläßt, baut sich ein Hügel über sein Bett auf. Der Bach durchfließt ihn und bildet beim Verlassen eine Öffnung, weit genug, daß man hindurchschlüpfen konnte. Das taten wir denn auch, um zu erforschen, wie es drinnen im Hügel weiterginge. Und siehe da: nach ein paar Schritten weitete sich der Gang und mündete in eine geräumige Grotte. Sie hatte sicher der Zauberer ganz im Verborgenen angelegt. Wozu er sie gebrauchte? Man konnte keinen vernünftigen Zweck finden. Eine Laune eben! Was für eine freudige Überraschung er uns Buben damit bereiten würde, konnte er nicht wissen. Die Grotte war die längste Zeit für uns der absolut sichere Räuberschlupfwinkel, in dem wir, wenn nötig, vom Erdboden verschwinden und unversehens wieder auftauchen konnten.

Der Teich bot auch im Winter seine Freuden, wenn die Eisdecke dick genug war, uns zu tragen. Wir brauchten keine Schlittschuhe für unser Vergnügen: wir sprangen mit Anlauf

Die „Teufelsmühle“, Grinzinger Straße 88 (1907).

aufs Eis und schlitterten über den ganzen Teich hinweg. Noch lustiger war's, wenn wir uns auf eine Eisplatte setzten und über die blanke Fläche dahinrutschten. Betrüblich war es für uns, wenn das Eis aufgehackt wurde. Die Meierei ließ sich die Gelegenheit nicht entgehen, sich kostenlos mit Eis einzudecken. Aber die Winter in unserer Jugend waren recht kinderfreundlich: es gab immer wieder Schnee genug zum Schlittenfahren und Schneeballwerfen. Und wenn man dem Teich seine Eisdecke genommen hatte, so schuf er sich in kurzer Zeit wieder eine neue.

Der Bau der Kobenzlserpentinen machte den Teichen ein Ende. Sie mußten verschüttet werden, weil ein unterirdischer Abfluß die Straßenmauerungen unterwusch. Und verschüttet wurde damit ein lieber Ort freundlicher Jugenderinnerungen.

Eine Erinnerung muß ich da allerdings ausnehmen, die Erinnerung an eine kräftige Ohrfeige, die mir mein Vater verabreichte. Wir Buben hatten uns entschlossen, auf den Kobenzl zu gehen. Was für einen Anlaß wir dazu hatten, weiß ich nicht mehr. Jedenfalls war ich davongelaufen, ohne meinen Eltern etwas zu sagen. Um die Mittagszeit war ich immer noch nicht zu Hause. Natürlich waren meine Eltern in größter Sorge. Zudem sollten sie längst beim Leichenbegängnis von Mutters Onkel, des Feldmarschalleutnants Freiherr Schwarz von Meilern sein: Es sollte mit militärischem Gepränge am frühen Nachmittag stattfinden. Vater hatte sich vom Büro freigenommen. Beide waren sie schon zum Fortgehen angekleidet, als ich endlich erschien. Da entlud sich Vaters Nervosität in der angegebenen Weise. Aber die Ohrfeige hatte mir keineswegs den Kobenzl verleidet ...

## DER GRINZINGER STELLWAGEN

„Viki, geh' hinunter auf den Platz und frag' den Stellwagenkutscher, wann er am Nachmittag in die Stadt fährt!" sagte Mutter zu mir. Ein Auftrag, den ich gern ausführte, denn der Kutscher Ferdl war mein Freund. Im Alter paßten wir zwar nicht ganz gut zusammen: Er war ein großer, starker Mann mit einem Kaiserbart und hatte bereits zwei Kinder, die beinahe so groß waren wie ich. Und ich besuchte damals immerhin schon die zweite Volksschulklasse.

Vermittler zwischen uns beiden waren seine Pferde gewesen. Ich hatte Pferde immer schon gern gehabt, doch als wir noch unten beim Köttner wohnten, hatte sich meine Liebe zu ihnen vertieft, ich war damals ein echter Pferdekenner geworden. Wenn ich nun den Ferdl mit seinem Stellwagen auf dem Platz stehen sah, da war ich auch schon dort, betrachtete die Tiere mit Kennerblick und stellte meine Fragen:

„Ist der Wagen für zwei Pferde nicht zu schwer, wenn viele

Buntbemaltes Blechschild des Grinzinger Stellwagenunternehmens Ignaz und Franz Rauscher.

Leute drinsitzen?“ meinte ich da einmal. „Ich glaub’, sie müssen sich schon sehr anstrengen, daß sie über das Bergl in der Grinzinger Allee kommen.“

„Do host scho’ recht“, bestätigte der Ferdl, „aber sö dermachen’s scho, wann da Boden net z’glatt is. Wann’s rutschert is’, hob i scho a paarmal zu d’Leut sag’n müassn: Aussteigen, meine Herrschaften, und ein wengerl z’Fußgehen, mir kummen net über’s Bergl aufi.“

„Und sind die Leute ausgestiegen?“

„Freili’ san’s ausg’stiegn; es is’ eana nix onders überbliebn, und dö Roß hob’n eana a lad tan. Wann a rechts Schneewetta war, hob’ns uns a öfta a Vorspann entgegeng’schickt bis zur Kreizung obi.“

Dann lächelt mich der Ferdl an: „Wia du mit mir do redst, kennt' i glaubn, du bist scho a fertiger Kutscher. Wann i amal ka' Zeit zum Fahr'n hobn wer', dann setzt du di' auf'n Bock aufi und fahrst, magst?"

Freilich wäre ich gerne gefahren, aber so gescheit war ich doch schon, daß ich seine Worte nicht allzu ernst nahm. Beim Warten auf dem Platz wurde ihm oft die Zeit lang. Denn wegen ein oder zwei Personen fuhr er nicht gleich weg, und bis der Wagen halbwegs voll war, dauerte es schon seine Weile. Drum plauderte er ganz gern mit mir und beantwortete viele meiner Fragen, etwa: „Wie lang brauchen Sie bis zum Schottentor?" Da lächelte er: „Wenn alles guat geht, brauch i scho' fost a Stund'. I könnt' früher a drin sein, aber i wül dä Pferd' net jauk'n. I bleib' a oft a wengerl länger steh' bei ana Haltstell', als i müaßt. Glei' bei der Nußdorfer Lina. Wenn i siach, daß ana daherg'rennt kommt, da wart' i eben a wengerl und laß eam einsteig'n. Dö Roß san' a froh, wanns wieder a Randl stehn können. Bis zur Lina geht dö Fahrt meistens wia gschmiart", erzählte er weiter, „aber dann, wo die Tramway fahrt, do hab' i oft mei' Gfrett. Dös ane Roß, dös handliche, dös zur rechten Hand, da Fritzl, hat si' ja scho' a bißl g'wöhnt an den Tamtamkasten, aber die Ros'l, dös sattliche Roß, dös zur linken Hand, is a narrisch's Viech. Kaum kummt ihr der Kasten in die Näh', wackelt's scho' mit dem Schädel und fangt z' hupfen an und macht schließlich den Fritzl a narrisch. Und dö Führer von der Kraxen hab'n eana Hetz dran, wenn dö Roß zum Zappeln anfangen, und treten no' fest auf dö Glock'n, daß dö Viecher ganz narrisch werden." Der Ferdl hatte sich in Zorn geredet. „Solche Lackeln", schimpfte er, „bild'n sich was ein, weil's elektrisch fahr'n. An hab i neulich die Peitschen zagt, aber er hat mi ausg'lacht und is davong'fahrn. Aber wia a a Stückl weiter war, is a stecken bliebn und hot net weiter kennen. Da bin i vorbeig'fahrn und hab g'fragt: ‚Brauchst leicht a Vorspann, haha?'. Is nix los mit dem neumodischen Zeug, sag i dir. A Roß hat an Ver-

Haus des Fuhrwerksbesitzers Carl Rauscher. Ein Stellwagen wartet auf Fahrgäste.

stand, und i kann eam zureden, aber was fang'st mit so an Kast'n an, wenn er net weiter wüll? Mei Lebtag möcht i nix zu tuan hab'n damit!"

Der Ferdl hatte da in seinem Zorn einen Ausspruch getan, der ihn früher Lügen strafte, als er annahm. Es kam der Tag, an dem er seine letzte Fahrt hatte — hinein Am Hof und wieder zurück, weil die Straßenbahn nach Grinzing gekommen war. Der Stellwagen (oder waren es gar zwei?) kam für immer in die Remise ins Rauscher-Haus, Himmelstraße 3. Was mit den Pferden geschah — ich weiß es nicht. Vielleicht beförderten sie weiterhin Menschen, vielleicht zogen sie Hauerwagerln. Aber was mit dem Kutscher Ferdl geschehen war, das wußte ich: Eines Tages traf ich ihn — ohne Kaiserbart, in haarneuer Straßenbahneruniform, mit dem Zwickzangel in der Blusentasche und einem Kappel mit zwei roten Streifen. „I bin

Tramwaykondukteur worden“, sagte er ein wenig verlegen, als er meinen erstaunten Blick sah. „Waßt, Wickerl, man muaß mit da Zeit gehn, sunst bist des Tupferl.“

„Und warum haben Sie sich den Bart schneiden lassen?“

„Der hat zu die Roß paßt, aber für dö Elektrische net. Do hot kaner so an Bort.“

Das war der Kutscher Ferdl, zu dem mich also die Mutter fragen schickte. Damals war es noch nicht soweit mit ihm. Er stand auf dem Platz vor dem Pfarrhaus und wartete auf die Fahrgäste. Wohl hatte er einen Fahrplan, ließ sich aber von diesem keineswegs drängen.

„Wann will denn dö Mutter fahr'n?“ fragte er.

„Um drei Uhr.“

„Um drei? I sollt a weng früher fahr'n, aber i wart a Rand'l auf sie“, sagte er.

Er war ein Menschenfreund, der Ferdl. Aber er verschmähte auch kein Trinkgeld. Wenn man ihm statt der fünfundzwanzig Kreuzer Fahrgeld noch ein paar Kreuzer draufgab, war er doppelt gefällig. Und er war ein ganzer Kerl. Ist es nicht schad, daß es den Ferdinand nicht mehr gibt ... und den Stellwagen?

## EINE KLEINE WELTREISE

Für manchen kleinen Grinzinger begann der Ernst des Lebens recht früh. Die Buben und Mädchen vieler Hauersleute mußten schon sehr tüchtig in der Wirtschaft mithelfen, wenn sie nicht in der Schule waren. Ich erinnere mich zum Beispiel an den Fritzl; er hatte schwielige Hände wie ein Alter, und er zeigte sie auch gern her; dann spottete er über unsere weichen Bubenhände: „Dö san zu nix nutz!“ Nun, ganz so nutzlos waren sie auch wieder nicht; freilich gebrauchten wir sie hauptsächlich zu unserem eigenen Nutzen und Vergnügen.

Die meisten Kinder durften damals noch ihre Kindheit sorglos genießen. Und doch gab es eine Reihe kleinerer Verpflichtungen außerhalb der Schule, über die wir nicht hinwegkamen. Da hieß es etwa: Geh zum Greißler und hole Brot. Wir taten das nicht ohne Unbehagen, denn man riß uns doch immer wieder aus unseren ach so schönen Beschäftigungen heraus. Den Weg zum Greißler nahmen wir jedoch noch klaglos in Kauf. Wenn es dagegen darum ging, beim Gangl in der Sandgasse Kohlen zu bestellen, erhoben wir doch — wenn auch erfolglos — Einwand. Denn der Weg in die Sandgasse dauerte für uns eine kleine Ewigkeit, und das, was uns inzwischen an Lustbarkeiten entging, war kaum einzubringen. Aber leider wurde mir gerade der Weg zum Gangl kaum je erspart, und ich schaute bereits bange in die Zukunft, wenn sich die Kohlenkiste allmählich leerte. Für solche kleineren Wege mußte gewöhnlich ich herhalten. Karli war damals schon Gymnasiast und wurde für größere Dienste herangezogen. Wenn es aber um ganz große Dinge ging, dann erledigten wir sie miteinander. Natürlich hätte Karli auch allein gehen können, aber es war ihm zu langweilig; und so drang er in mich, bis er mich herumgekriegt hatte. Ganz umsonst tat ich es freilich nicht. Er mußte mir zumindest eine Geschichte erzählen, eine recht aufregende, von Räubern oder von Indianern.

Vater war krank geworden und mußte im Bett liegen. Er sträubte sich anfänglich dagegen, den Arzt kommen zu lassen, hauptsächlich deswegen, weil unser Dr. Benett eingerückt war. Er wurde von Dr. Hamperl in Heiligenstadt vertreten. Nicht daß Vater etwas gegen Dr. Hamperl hatte; er war ein gütiger, älterer Herr und als geschickter Arzt bekannt. Aber Vater war eben an Dr. Benett gewöhnt, und Mutter mußte ihm tagelang zureden, bis er zuließ, den Heiligenstädter Doktor zu holen. Wir kannten ihn gut vom Sehen her. Es gab genug Grinzinger, die nur auf ihn schworen und nur ihn kommen ließen, wenn sie krank waren. Dann kam der alte Herr mit seinem Ponyzeugel in Grinzing angefahren und versetzte die Jugend in Begeisterung. Das war der Punkt, an dem Karli ansetzte, als er verlangte, ich möge mit ihm nach Heiligenstadt hinuntergehen. Dabei stellte er mir in Aussicht, daß wir vielleicht das Pony im Stall sehen könnten, und er wies mir den Zucker vor, den er für alle Fälle eingesteckt hatte. Aber ich war skeptisch.

„Was ist aber, wenn er gerade ausgefahren ist?“ sagte ich, „dann bin ich umsonst nach Heiligenstadt gerannt.“

„Umsonst?“ wiederholte Karli entrüstet. „Und daß wir unserem kranken Vater helfen müssen, das gilt dir gar nichts?“ Da hatte er mich wieder einmal richtig gepackt.

„Freilich gilt mir das etwas“, meinte ich kleinlaut. „Meinetwegen gehe ich mit dir hinüber in die Armbrustergasse. Aber wenn schon, so schauen wir uns gleich auch den alten Türkenfriedhof hinter der Heiligenstädter Kirche an.“ Das machte ich zur Bedingung, und Karl versprach es mir.

Nachdem Mutter noch einmal unser Aussehen geprüft hatte, machten wir uns auf den Weg „in die Ferne“. Ich hatte wirklich den Eindruck, vor einer kleinen Weltreise zu stehen, denn ich war bisher ja kaum einmal aus unserem Ort hinausgekommen. Bei Karl war es anders; er hatte einen weiten Schulweg ins Gymnasium und war also in Hinblick auf mich ein Weitgereister. Wir kamen also nach einigen größeren und kleineren Verzögerungen in die Armbrustergasse. Der Arzt war wirklich ausgefahren mit seinem Pony, und ich meinte triumphierend: „Na, siehst es, Karli, schön wär ich aufgesessen, wenn ich dir auf den Leim gegangen wäre!“ Die Frau des Arztes versprach, ihr Mann werde gleich morgen am frühen Vormittag kommen. Heute ginge es wirklich nicht mehr.

Auf den Besuch des Türkenfriedhofs bestand ich. Denn die Buben, die von Grinzing hinüber nach Heiligenstadt in die Bürgerschule gingen, hatten uns darüber so viel berichtet, daß ich richtig neugierig geworden war. Weit war's ja nicht: Man konnte vom Kuglerpark über ein Mäuerl hinuntersehen. Ich weiß heute nicht mehr, was ich mir damals vorgestellt hatte, aber an den paar alten, zerhauenen Grabsteinen war gar nichts Türkisches mehr zu erkennen. Ob es wirklich eine türkische Grabstätte war, erfuhr ich nie. Ich kümmerte mich auch gar nicht mehr darum. In dem Bewußtsein einer nicht ohne Mühe und Ausdauer erfüllten Pflicht kamen wir nach Hause und überbrachten die Auskunft, die uns Frau Hamperl gegeben hatte. Danach nahmen wir unsere Beschäftigung wieder auf, die der Gang zum Arzt so jäh unterbrochen hatte.

Noch war ich ahnungslos, was mir der kommende Tag an Reisestrapazen bringen würde — und dem Karli auch; der hatte sich schon wieder in seinen Karl May vertieft. Am frühen Vormittag kam der Doktor Hamperl mit seinem Ponyzeugl angefahren. Unser Haus, vor dem es stehengeblieben war, war in kurzer Zeit von begeisterten Zuschauern umgeben; wir, Karl und ich, mitten unter ihnen. Wir wußten nicht, was für Unheil sich inzwischen drinnen in der Wohnung zusammenbraute. Nicht etwa, daß es Vater schlechter gegangen wäre: Vater hatte das, was man damals Influenza und heute Grippe nennt. Er mußte im Bett bleiben und Medizinen einnehmen. Das eben war's: um die Medizin mußte man in die Apotheke gehen, und die nächste war in der Heiligenstädter Straße! Und prompt forderte uns Mutter auch dazu auf. Hauptsächlich den Karl, denn er mußte als Großer ja auf alle Fälle gehen. Ich hatte mir schon überlegt, daß ich mich als den „Kleinen" herausspielen sollte, für den der Weg zu weit wäre.

Aber als ich das nur andeutete, drohte Karl: „Wenn du das sagst, hast du das letzte Mal Indianer mit uns gespielt. Und wenn wir wieder einmal zum Koblenzteich gehen, bleibst du zu Haus." Was blieb mir anders übrig: ich mußte

Ecke Sandgasse — Grinzinger Allee (um 1900).

mit ihm gehen. Aber weil es diesmal wirklich einen weiten Weg zu bewältigen gab, steckte Mutter jedem von uns ein Zehnhellerstück zu und sagte: „Kauft euch d'rum Schokolade, damit der Weg kürzer wird. Macht aber das Rezept nicht schmutzig.“ — „Nein, nein.“ Karl hatte wie ein Großer eine Brusttasche an seinem Rock, und in die steckte er sorgfältig das Rezept.

Dann gingen wir los. Man muß uns beiden die Leidensmienen von weitem angesehen haben, denn jeden Augenblick fragte einer: „Wo geht's denn es zwa hin, es kummts ja daher, als wollts nach Tripstril gehen.“ Auch die Frau Rauscher fragte uns, und als sie erfuhr, wohin wir gingen, schlug sie die Hände bittend zusammen und bat: „Do nehmt's ma an Tausendguldenkrauttee mit, gelt's? Mi hots im Mogen, und der Tee tuat ma so vül guat. I bring eich gleich dös Geld.“ Und mit dem Geld brachte sie jedem von uns einen schönen, großen Apfel. Mit Reiseproviant waren wir also versorgt, und mit Reisegeld auch. Wir waren aber bereits davon abgekommen, uns Schokolade zu kaufen.

Die Buben, die nach Heiligenstadt in die Schule gingen, hatten uns erzählt, daß man beim Röhlich, dem Greißler in der Armbrustergasse, Sachen bekäme, die in Grinzing nicht zu haben wären. Da wollten wir erst ein wenig gustieren, bevor wir das Geld ausgaben. Beim Röhlich gab's wirklich etwas Besonderes: Boxhörndln (Johannisbrot). Die kauften wir uns, denn erstens bekam man sie in Grinzing nicht, und zweitens hatte man davon länger, als von der Schokolade.

Bei der Armbrustergasse begann das letzte Wegstück. Wir kamen an der Bürgerschule vorbei, die jetzt leerstand, weil Ferien waren; dann passierten wir die Nettelbachgasse, die zur alten Heiligenstädter Kirche führt. Ich wollte gerne hineingehen, aber Karli meinte: „Mit Boxhörndln im Mund geht man in keine Kirche." Ausspucken wollte ich sie nicht, darum gingen wir weiter.

Auf dem Ladentisch der Apotheke häuften sich die Rezepte. Der Magister nahm unseres entgegen und sagte: „Da schauts, was alles zu machen ist! Ihr müßt's eine Stunde warten. Geht einstweilen spazieren!"

Wohin sollten wir gehen — in einem „fremden Land"? Dem Karli aber war die Gegend gar nicht so unbekannt. Er war ja bereits in die Jahre gekommen, in denen Buben gerne lesen. Und Karli las viel, für meinen Geschmack zu viel, denn er nahm sich deshalb keine Zeit, mit mir zu spielen. Ich selber hatte damals für Bücher noch nichts übrig und konnte nicht verstehen, daß sich mein Bruder stundenlang in den Garten setzte und in seinen Gerstäcker oder Karl May starrte. Jede Woche einmal ging er da auf den Nußdorfer Platz in die Bibliothek, Bücher umtauschen. Daher kannte er die Gegend da unten am Donaukanal. Von der Apotheke bis zum Nußdorfer Platz war es nicht weit, und so beschlossen wir, unsere Wartezeit dort zu verbringen.

Es gab nämlich etwas, das uns anzog: die Werkstätte des Bootsbauers William. Das war ein Amerikaner, den es irgendwann einmal hierher verschlagen hatte. Karli hatte ihn bereits kennengelernt, und als er mir von ihm erzählte, war ich gleich Feuer und Flamme.

William war eben auf dem Weg zu seinem Boot, das beim Sperrschiff verankert lag. Ob wir nicht mit ihm gehen wollten, fragte er. Natürlich sagten wir freudig zu. Er trug zwei neue Ruder auf der Schulter, und daraus schlossen wir, daß er mit dem Boot wegfuhr; ob er uns mitfahren ließe? Er tat es wirklich. Er ruderte uns um den Nußdorfer Spitz herum, und wir badeten in Glückseligkeit. Leider dauerte die Fahrt nicht lang. „Die Ruder sind in Ordnung", sagte der Mann nach einer Weile, „und jetzt fahren wir wieder ans Ufer. Hat's euch gefallen?" Er hätte nicht zu fragen brauchen, hätte uns die Freude aus dem Gesicht lesen können. Wir bedankten uns sehr und liefen hinunter zur Apotheke: inzwischen war die Medizin fertiggestellt und der Tee für die Frau Rauscher vorbereitet worden.

Schon auf dem Heimweg freuten wir uns über die Augen, die unsere Freunde machen würden, wenn wir ihnen unser Erlebnis erzählten. Mutter aber würden wir von unserer Bootsfahrt nichts sagen, beschlossen wir; sie würde nur nachträglich erschrecken. Dem Vater schon; der hat ja was für die Seefahrt übrig.

## GRINZING — SIEVERING

Wir hatten einen neuen Schüler in die Klasse bekommen, den Wambacher Loisl. Er kam aus Sievering und wohnte jetzt bei seiner Tante, Katharina Berger. Dieser war vor kurzem der Mann gestorben, und nun lebte sie allein in ihrem Häuschen in der Langackergasse. Das Alleinsein hielt sie nicht aus, darum

Malerische Häuser in der Himmelstraße (1903).

hatte sie ihre Schwester, die Wambacherin in Sievering, gebeten, sie möge ihr einen von ihren Buben, am liebsten den Loisl, überlassen, damit er bei ihr wohne, denn allein sei ihr zu „enterisch". So kam der Loisl nach Grinzing und ging jetzt zu uns in die Schule.

Ihm gefiel es gar nicht bei uns in Grinzing, und er machte aus seiner Ansicht kein Hehl. Uns gefiel wieder er nicht, und wir nannten ihn nur den „Zuagrasten". Auch ich nannte ihn so, obwohl ich selbst einer war. Aber das kam mir gar nicht mehr zu Bewußtsein, denn ich hatte mich so eingelebt, daß ich mich als waschechten Grinzinger fühlte. Auch meinen Freunden fiel es nicht ein, mich als „Zuagrasten" anzusehen. Aber Loisl mit seinem ewigen Herzweh nach Sievering konnte und wollte nicht bei uns heimisch werden. Immer, wenn wir von „unserem"

Grinzing zu reden begannen, kam er mit „seinem“ Sievering daher und schimpfte über uns, was er nur konnte. Kein Wunder, daß wir einen Zorn auf ihn kriegten. Wir verstanden, daß er „seinen Ort“ so lieb hatte, wie wir den unseren. Seine Eltern, die Wambacherischen, waren drüben altansässige Hauersleute, wie bei uns etwa die Ruckenbauer oder die Hengl. Aber deshalb brauchte er nicht über uns übel zu reden. Aber er tat es, und das ärgerte uns.

Am übelsten redete er über unseren Wein und über die Heurigen. Grinzing hatte damals noch nicht den Ruf als Weinort, den es heute hat. Um Sievering stand es in dieser Hinsicht nicht besser. Aber für den Loisl war alles drüben viel großartiger, und unseren Wein nannte er eine „Klaudern“. Daß das Viertel hier sogar um einen Kreuzer teurer war, nannte er unanständig. „Ihr werd's scho' seg'n!“ schrie er einmal vor Zorn, „daß überhaupt neamt mehr zu euch kummt; weils net so blöd san, für an schlechten Wein teuer zu zahlen!“

Als er's wieder einmal so trieb, gab ihm der Wiegl Rudl einen gesunden Rempler und fragte: „Worum bist denn dann überi kema zu uns, wann alls so schlecht ist?“ Der Loisl blieb die Antwort schuldig, weil grad' der Lehrer in die Klasse kam.

Der Lehrer hatte aber etwas von den Streitigkeiten gehört, und auch ihm ging das tägliche Gezänke über Grinzing und Sievering gegen den Strich. Er setzte sich hinter seinen Tisch und blieb eine Weile still und nachdenklich sitzen. Dann schien ihm ein guter Gedanke gekommen zu sein, und er sagte lächelnd: „Ich wüßte eine schöne Arbeit für euch. Sie ist nicht leicht und braucht Zeit und Verstand. Was wär's, wenn ihr, anstatt zu streiten, einen Vergleich zwischen Grinzing und Sievering niederschreibt. Ihr müßtet zuerst auf einen Bogen Papier die Ähnlichkeiten, die zwischen den beiden Orten bestehen, anmerken, auf einem zweiten Bogen die Verschiedenheiten. Daraus macht ihr dann einen schönen Aufsatz. Nun, was meint ihr?“

Der Vorschlag des Lehrers schlug bei uns ein. „Jo, dös machn ma“, sagten wir voll Freude. Denn wir waren vollkommen überzeugt, daß der Vergleich zu unseren Gunsten ausfallen würde. Um das, was der Loisl dachte und wollte, kümmerten wir uns nicht. Wir waren in der Mehrzahl, und er mußte tun, was wir wollten. In unserem Eifer wollten wir gleich anfangen. Aber das ging nicht, weil wir ja Unterricht hatten. Aber am Nachmittag! Nur wir Buben, die Mädchen kümmerten sich nicht um die „Buamastreitereien“. Also setzten wir uns am Nachmittag in unserem Garten zusammen und hielten Rat, wie wir die Sache am besten anpacken sollten. Der Mandl Hans hatte sich zu Hause schon ein wenig damit beschäftigt und war sich über verschiedenes klar geworden. Aber womit wir am besten anfangen sollten, wußte auch er nicht.

„Fanga ma damit an, welche von die zwa die größere Ortschaft ist“, schlug der Loisl vor, weil er meinte, daß Sievering größer sei. Aber das wollte der Hansl nicht und meinte: „Dös geht do net, mir können do dö die Ortschaften net ausmessen.“ Wir gaben dem Hansl recht, das ging nicht. „Oba die Häuser können ma abzählen und feststellen, welcher Ort die mehreren Häuser hat“, meinte der Schredt Michl. Ja, das konnten wir. Der Loisl sollte die Häuser von Sievering und wir die von Grinzing abzählen. „Dös gibt a Massa Arbeit“, meinte einer. „Aber der Lehrer hot jo g'sagt, daß der Aufsatz seine Zeit braucht.“ Der Mandl Hans machte jetzt den Versammlungsleiter und brachte gleich Vorschläge: „Mir brauchen net warten, bis dö Häuser abzöhlt san: reden ma halt über die Ähnlichkeiten, wia da Lehrer gsagt hot, und nocha über die Verschiedenheiten.“ Er hatte einen Bogen Papier für die Ähnlichkeiten mit, ich einen für die Verschiedenheiten. Gut, aber wir wußten noch immer nicht, womit wir anfangen sollten. Wieder fand der Hansl eine Lösung, und wir waren stolz auf unseren Leiter. „Ich glaub, wir reden zerscht von dö Leit, und i wüßt a scho, wia mir's schreiben. Paßt's auf! Wir fangen so an: Die meisten Leute von Grinzing und Sievering sind Weinhauer. Darum sind auch die meisten Häuser in den beiden Orten Hauerhäuser!“

„Fein", riefen wir, „tua nur weiter, Hansl". — „Aber es gibt auch Villen dort", schrieb Hansl weiter, „da wohnen keine Hauer drin, sondern Stadtleute, die bei uns heraußen wohnen."

Die ersten paar Sätze hatten wir schon, aber es mußten noch mehr werden. Der Hansl war noch nicht fertig mit seinem Wissen, er schrieb: „In beiden Orten gibt es auch Greißler, bei denen man alles kaufen kann." Jetzt fielen dem Haller Karl die Bäche ein, und wir vermerkten: „Durch jeden Ort fließt ein Bach." Der Wambacher Loisl hatte still zugehört, jetzt schrie er: „Aber der Grinzinger Bach riacht schlecht, und der Sieveringer nicht! Schreib dös, Vikerl, dös is a Unterschied, und den muaßt eintragen!" Ich setzte schon zum Schreiben an, aber der Lier Toni hielt meine Hand zurück und schrie: „Nöt schreiben, dös is a Lug! Enker Bach riacht no vüll schlechter, er rinnt länger durch den Ort als der unsrige, und darum haun die Leit viel mehr Dreck eini."

Auf welches Blatt sollte man das nun schreiben? Ich wußte es nicht, und der Hansl auch nicht. Drum sagte er: „Am besten is, mir schreiben nix vom Geruch; denn jeder Bach stinkt, wenns lang net g'regnt hat. Mir lassen einfach stehen: Jeder Ort hat einen Bach. Wia dös schon in mein Bogen steht, dös i a Gleichheit!" Der Hansl war wirklich ein Mordskerl, er fand immer eine Lösung. Aber es sah jetzt schon ganz so aus, als ob mein Bogen mit den Unterschieden leer bleiben sollte. Da brachte der Braumeister Toni seinen Trumpf: „Mir ham a Brauhaus in Grinzing, und ös habts kans!" schrie er freudig dem Loisl zu und klopfte mit den Fingerknöcheln auf den Tisch. Aber der Loisl blieb gelassen. „Na, na", meinte er, „tuats euch nix an wegen enkern Bräuhaus. Bei uns in Sievering schenken dö Wirt ehnarer Nußdorfer; da brauchen ma ka Bräuhaus." Aber ein Unterschied war nun endlich da, und ich vermerkte ihn auf meinem Bogen. Also bis jetzt hatte uns der Vergleich nicht viel eingebracht, das mußten wir uns sagen. Besonders mit den Unterschieden schaute es schlecht aus. Wir gaben uns alle Mühe, aber wir fanden keinen weiteren, der zu unseren Gunsten gesprochen hätte. Da ließen wir es für heute sein. Jeder sollte allein über die Sache nachdenken, und dann wollten wir wieder einmal gemeinsam beraten. Aber bei der nächsten Beratung, da kam nicht viel heraus. Mir war noch das Ringelspiel eingefallen, drüben im Krapfenwaldl, und das in Sievering drüben, in der Daringergasse. Ein paar Buben wollten die Weingärten und Wiesen hüben und drüben miteinander vergleichen und auch die Kühe, Schweine, Ziegen. Aber wo sollte man da den Vergleich ansetzen? Wir fanden den Zipfel nicht, mit dem wir beginnen konnten. Am Ende kamen wir darauf, daß die Arbeit gar nicht so leicht war, die uns da der Lehrer gestellt hatte. Unser Eifer erlahmte allmählich, und schließlich gaben wir die Vergleicherei auf. Unsere Sorge war jetzt, daß der Lehrer ja doch einmal die Arbeit von uns verlangen werde. Drum hüteten wir uns, die Namen der Orte auch nur zu nennen, wenn er in der Nähe war. Wir hatten auch mit dem Loisl keinerlei Streitigkeiten mehr und sagten nicht mehr „Zuagraster" zu ihm. Die Arbeit, die uns der Lehrer gestellt hatte, dürfte somit doch erfolgreich geworden sein, wenn auch in einem anderen Sinne, als wir gemeint hatten. Wir Buben hatten uns die lästige Arbeit vom Hals geschafft: der Lehrer sprach nicht mehr davon, und wir auch nicht. Der Vergleich war uns zwar nicht richtig gelungen, aber für uns stand fest, was der Haller Karl gesagt hat: „Daß ma um a Endstrum mit unserem Ort besser dran san, als dö Sieveringer mit den eanern." Aber für mich ging das Problem erst richtig an: Ich war aus ganzem Herzen Grinzinger und sollte auf einmal Sieveringer werden. Alles sträubte sich in mir dagegen. Ich sollte in den Ort kommen, über den wir Buben erst vor kurzem ein vernichtendes Urteil gesprochen hatten. Aber was half es! Die Eltern hatten in Sievering ein schönes, preiswertes Grundstück gefunden und ließen dort ein Haus bauen. Sie hatten sich wohl um einen Baugrund in Grinzing bemüht, aber nichts Passendes gefunden. Zu meinem Leidwesen schritt der Bau recht flott voran, und eines Tages war's soweit: wir nahmen von Grinzing Abschied — mit recht schwerem Herzen.

Hof des Hauses Himmelstraße 31.

Das Haus lag schön, die Wohnung war geräumig und bequem, aber unser Herz war in Grinzing zurückgeblieben. Schon einige Jahre wohnten wir drüben, aber die Fäden, die uns an Grinzing banden, rissen nie: Mutter besorgte ihre größeren Einkäufe mit ihrer böhmischen Gehilfin in Grinzing, ich besuchte weiter die Grinzinger Schule, Karl und ich lernten Zither und Klavier: die Lehrerin kam aus Grinzing. Auch unsere Spaziergänge an Sonntagen mit dem Vater führten uns zumeist hinüber nach Grinzing. Es liegt eine seltsame Anziehungskraft in diesem Ort; wer einmal in seinen Bann geraten ist, kommt kaum mehr von ihm los. So erging es vielen von unseren Freunden und Bekannten — und so ging es auch uns: nach mehrjähriger Abwesenheit kehrten wir voll Freude nach Grinzing zurück.

# AUSKLANG

Wieder stehen wir auf dem Unteren Platz, Karl und ich, und betrachten ihn, wie wir es ehedem als kleine Buben getan haben. Als wir damals nach Grinzing kamen, waren wir noch einander fremd: wir und ihr, liebe Häuser. Heute begrüßen wir uns als alte Freunde. Viel Zeit ist verflossen; wir Menschen haben uns verändert, aber ihr seid die gleichen geblieben, wenn sich auch das eine oder andere ein wenig modisch gewandelt hat. Und ein paar Neulinge haben sich eingereiht. Sie stören nicht, haben sich angepaßt, sind richtige Grinzinger geworden. Es ging ihnen so, wie es uns ergangen war, als wir als ortsfremde Buben hierher kamen und bald heimisch wurden.

Jetzt gehen wir in den Oberen Ort und fühlen uns so daheim, als wären wir nie fort gewesen. Auch hier hat sich einiges gewandelt — äußerlich; man muß eben mit der Zeit gehen. Aber man spürt noch den alten Geist: deine Seele, lieber Ort, ist heil geblieben. Wird sie es noch lange bleiben? Wir kennen die drohende Gefahr, bangen um dein Schicksal. Dir soll das gleiche Los zuteil werden, das bereits andere Wienerwaldorte betroffen hat. Die Großstadt hat sie verschlungen: Freunde von Grinzing, *junge* Freunde, laßt es nicht geschehen! Und du, Glocke auf dem alten Kirchturm droben, erhebe deine warnende Stimme, sprich den Menschen ins Gewissen, wie du es einst mir als kleinen Buben getan hast. Du zwangst mich damals, Unrecht gut zu machen; jetzt fordere die Erwachsenen auf, Unrecht zu verhindern. Und du, lieber Heiliger Nepomuk, alter Ortsbewohner, trage das Deine dazu bei, daß die Menschen diesen echten Besitz richtig erkennen, daß sie ihn sich erhalten . . .

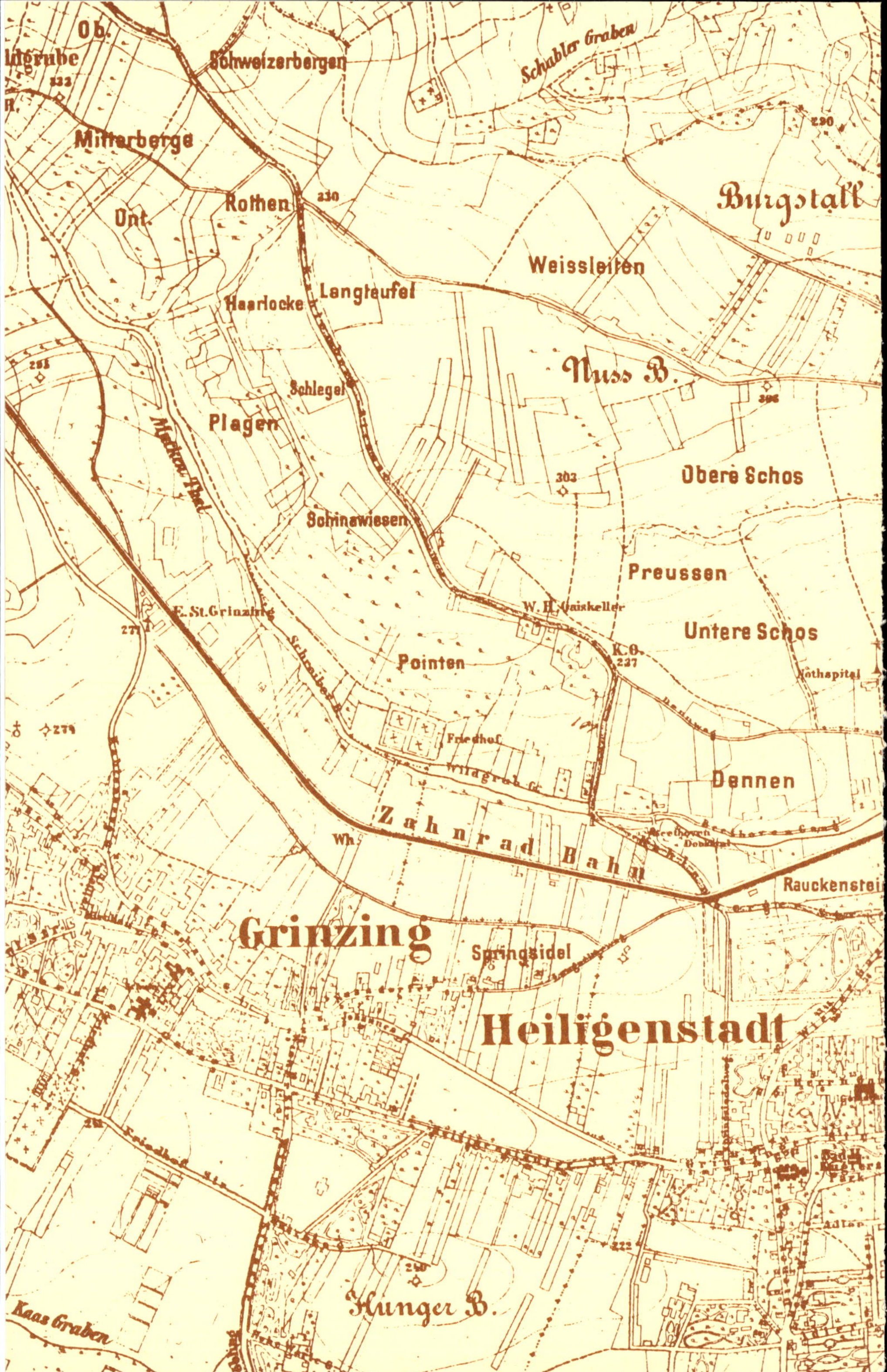
Ob.
Schweizerbergen
Schabler Graben
Mitterberge
Rothen
230
Ont.
Burgstall
Weissleiten
Haarlocke
Langteufel
Nuss B.
Schlegel
Plagen
Obere Schos
303
Schinawiesen
Preussen
E. St. Grinzing
W. H. Gaiskeller
Untere Schos
Pointen
K.O.
237
Friedhof
Dennen
Zahnrad Bahn
Wh
Rauckenstein
Grinzing
Springsidel
Heiligenstadt
Hunger B.
Kaas Graben
290
277